TUDO QUE
VOCÊ E EU
PODERÍAMOS
TER SIDO SE
NÃO FÔSSEMOS
VOCÊ E EU

ALBERT ESPINOSA

TUDO QUE VOCÊ E EU PODERÍAMOS TER SIDO SE NÃO FÔSSEMOS VOCÊ E EU

Tradução Sandra Martha Dolinsky

1ª edição

Rio de Janeiro-RJ / Campinas-SP, 2014

Editora: Raïssa Castro
Coordenadora Editorial: Ana Paula Gomes
Copidesque: Maria Lúcia A. Maier
Revisão: Luciana Estevam
Projeto gráfico da capa: © Ferran López/Random House Mondadori
Ilustração da capa: © Llorenç Pons Moll

Título original: *Todo lo que podríamos haber sido tú y yo si no fuéramos tú y yo*

ISBN: 978-85-7686-212-3

Copyright © Albert Espinosa, 2010
Copyright © Random House Mondadori S.A., 2010
Todos os direitos reservados.
Edição publicada mediante acordo com Random House Mondadori SA
por intermédio de Adriana Navarro Literay Agency.

Tradução © Verus Editora, 2013
Direitos reservados em língua portuguesa, no Brasil, por Verus Editora. Nenhuma parte desta obra pode ser reproduzida ou transmitida por qualquer forma e/ou quaisquer meios (eletrônico ou mecânico, incluindo fotocópia e gravação) ou arquivada em qualquer sistema ou banco de dados sem permissão escrita da editora.

Verus Editora Ltda.
Rua Benedicto Aristides Ribeiro, 55, Jd. Santa Genebra II, Campinas/SP, 13084-753
Fone/Fax: (19) 3249-0001 | www.veruseditora.com.br

CIP-BRASIL. CATALOGAÇÃO NA FONTE
SINDICATO NACIONAL DOS EDITORES DE LIVROS, RJ

E77t

Espinosa, Albert
    Tudo que você e eu poderíamos ter sido se não fôssemos você e eu / Albert Espinosa ; tradução Sandra Martha Dolinsky. - Campinas, SP : Verus, 2014.
    23 cm

Tradução de: Todo lo que podríamos haber sido tú y yo si no fuéramos tú y yo
ISBN 978-85-7686-212-3

1. Romance espanhol. I. Dolinsky, Sandra Martha. II. Título.

13-1591
CDD: 863
CDU: 821.134.2-3

Revisado conforme o novo acordo ortográfico

SUMÁRIO

Prólogo: O garoto fascinante 7

1. Cervos com cabeça de águia 9

2. Minha mãe me deixou e eu decidi deixar o mundo 15

3. Pensar como o ladrão que procura
   e como a pessoa que esconde 25

4. Os medos e suas consequências 33

5. Cordas vocais em forma de agulhas de toca-discos 37

6. A dança do esôfago 47

7. Não sei se o dom me encontrou
   ou se fui eu que o encontrei 57

8. A garota portuguesa e o padeiro que amava os cavalos 67

9. Chuva vermelha sobre a infância 73

10. Sem conhecê-lo, não poderei desvendá-lo 79

11. Melhor aceitar o amor indesejado
    que o perder e o desejar 87

12. É um estranho porque suporta dores inimagináveis 93

13. Sonhar sem telas, pintar sem cores.. 99
14. A vida é um ir e vir de girar maçanetas................................... 107
15. Três goles de café e uma mala cheia de lembranças............ 115
16. A arte de preparar um bom banho
    e a valentia de aproveitá-lo 123
17. Seja valente. Na vida, no amor e no sexo........................... 129
18. Desexpirando e desinspirando 141
19. Tudo que você e eu poderíamos
    ter sido se não fôssemos você e eu................................... 147

PRÓLOGO
O GAROTO FASCINANTE

nossos tigres bebem leite
nossos falcões vão a pé
nossos tubarões se afogam na água
nossos lobos bocejam diante de jaulas abertas

NÃO. NÃO FUI EU QUE ESCREVI. MAS, SEMPRE QUE PENSO NELE, ESSE poema me vem à cabeça e me sinto feliz e corajoso. Faz com que eu me sinta seguro, confortável e em paz. Provoca em mim um sorriso pleno, o número três, um dos meus preferidos e que ele tanto conhece. Ele tem o dom de saber quantas caras você tem, quantos olhares, respirações, gestos ou sorrisos e o significado de cada um deles. Outro de seus dons é o de distribuir humildade, felicidade, sinceridade, amor e vida às pessoas que o cercam e a quem ama. Sempre encontra as palavras apropriadas para cada momento e a expressão correspondente. É fascinante e surpreendente.

Quando o vi pela primeira vez, eu não sabia quem era, só que seguia a um ritmo avançado para o ser humano; que era um adolescente fascinado pela vida em um corpo de menino grande, que se explica sempre com cinco pontos, dos quais toma mais tempo para explicar e fazer a outra pessoa entender o primeiro e o segundo pontos, do que para ir diretamente ao terceiro, quarto e, finalmente, ao quinto, acompanhando essa explicação com desenhos e rabiscos em cantos de folhas, jornais ou guardanapos.

Da primeira vez, ele vai cumprimentar você com um aperto de mão ou um beijo no rosto, mas a despedida desse primeiro encontro certamente acabará com um enorme abraço de urso.

Não faz muito tempo que o conheço, mas durante esse tempo intenso em que compartilhamos trabalho, risos, palavras e momentos mágicos, abraços, presentes e um pouco de choro, eu o conheci mais a fundo e chegamos a um ponto em que só de nos falarmos por telefone sabemos o que se passa com o outro. É o início de uma longa e imortal amizade que, um dia, mergulhando por esse grande mar que é a vida, encontrei dentro de uma ostra que continha essa pérola fascinante e brilhante que não era amarela, mas colorida, e se chama Albert Espinosa.

Albert conseguiu escrever um romance cheio de magia e amor, no qual a vida de cada pessoa não tem limites para estar com quem deseja. Um mundo de pessoas fascinantes capazes de deixar de sonhar, mas nunca de amar: *Tudo que você e eu poderíamos ter sido se não fôssemos você e eu.*

Segundo ele, a vida é girar maçanetas; só espero, durante toda a minha vida, me encontrar diante de muitas portas que me levem a novos lugares, caminhos ou experiências, e sei que sempre que estiver diante de cada uma delas, terei um amigo em quem confio para segurar sua mão e atravessar com ele; e, se em alguma ocasião, ele não puder me acompanhar, vou lhe pedir conselho. Nunca solte a minha mão, Albert.

Roger Berruezo, ator, seu primeiro estranho

1
CERVOS COM CABEÇA DE ÁGUIA

GOSTO DE DORMIR. TALVEZ SEJA DO QUE MAIS GOSTO NA VIDA. E TALvez tanto aprecie porque me é muito difícil conciliar o sono.

Não sou desses que só de cair na cama já adormecem. Não consigo dormir em um carro, nem em uma cadeira de aeroporto, nem esticado na praia, meio bêbado.

Mas, depois da notícia que eu havia recebido havia poucos dias, precisava dormir. Desde pequeno, pensava que dormir nos afasta do mundo, nos deixa imunes a seus ataques. As pessoas só podem atacar quem está acordado, com os olhos abertos. Nós, que desaparecemos no meio do sono, somos inofensivos.

Mas, para mim, é difícil chegar ao sono. Devo confessar que sempre precisei de cama para dormir; e digo mais: da minha cama. Por isso, sempre admirei aquelas pessoas que dois segundos depois de pôr a cabeça em cima de qualquer coisa ficam completamente adormecidas. Eu as admiro e as invejo. Ou você pode admirar algo que não inveja? Ou invejar algo que não admira?

Eu sempre preciso da minha cama. Acho que essa é uma boa definição a meu respeito; bem, talvez a respeito do meu sono. Além de tudo, acredito que a cama, ou melhor, o travesseiro, é a coisa mais importante da vida de uma pessoa.

Algumas vezes me fizeram essa pergunta muito inútil: o que você levaria para uma ilha deserta? Eu sempre penso: meu travesseiro. Mas, não sei por quê, acabo dizendo: um bom livro e um excelente vinho, utilizando sempre esses dois adjetivos tão pouco precisos.

A verdade é que levamos anos para tornar nosso um travesseiro; centenas de dormidas para lhe conferir essa forma tão especial que o define e que tanto nos atrai e nos conduz ao sono.

No fim, sabemos como dobrar o travesseiro para conseguir o sono perfeito, como virá-lo para que não esquente demais. Sabemos até o cheiro que ele tem depois de uma boa dormida. Quem dera pudéssemos saber tanto das pessoas que amamos e que dormem ao nosso lado.

Mas tenho de lhes dizer que não acredito no amor; deixo isso claro desde já para que não restem dúvidas. Não acredito em amar, não acredito em morrer de amor, não acredito em suspirar por outra pessoa, em deixar de comer por alguém especial.

Mas uma coisa na qual sempre acreditei é que os travesseiros carregam dentro de si parte dos nossos pesadelos, dos nossos problemas e dos nossos sonhos. E é por essa razão que colocamos essas fronhas: para não ver os rastros da nossa vida. Ninguém gosta de se ver refletido em um objeto. Dizem tanto de nós, nosso carro, nosso celular, nossa roupa...

Acho que estava dormindo havia quatro horas quando bateram à porta naquele dia. Quase nunca deixo um "som aberto" enquanto durmo.

Há muitos sons abertos em nossa vida quando desaparecemos nos sonhos: o telefone fixo, o celular, o interfone, o despertador, as torneiras que pingam, os computadores... São sons que não descansam, estão sempre alertas. Então, ou os desligamos, ou invadem nosso descanso.

Não sei por que naquele domingo deixei o interfone aberto. Bem, eu sei por quê; eu sabia que bem naquele dia chegaria o pacote que mudaria minha vida. E nunca tive paciência.

Desde pequeno, quando eu sabia que alguma coisa boa aconteceria no dia seguinte, não pregava o olho a noite toda. Deixava a persiana totalmente aberta para que o amanhecer me acertasse no rosto e o novo dia chegasse tão, mas tão rápido que o sono não durasse mais do que alguns anúncios. Sim, sempre pensei que os sonhos são anúncios; uns longos como matérias publicitárias, outros curtos como trailers, e outros minúsculos teasers. E todos falam sobre nossos desejos. Contudo, não os entendemos porque é como se fossem dirigidos por David Lynch.

Mas voltemos ao tema: sou um impaciente, eu sei e gosto disso. Acho que, embora a impaciência tenha se transformado em um defeito horrível, todos sabemos que se trata de uma virtude. Um dia, o mundo será dos impacientes. Pelo menos, é o que eu espero.

O interfone voltou a tocar e se introduziu em meu sono profundo. Lembro que, naquele dia, estava sonhando com cervos que tinham cabeça de águia. Sim, adoro misturar os conceitos, me sentir um pouco Deus em meus sonhos.

Criar novas criaturas misturando partes de outras ou sentir que são íntimos amigos que nem sequer conhecemos, e até me alegra sonhar com pessoas das quais nunca estive nem remotamente perto, mas que no sono fazem parte da minha vida de maneira muito íntima. Às vezes, penso que as pessoas violam com seus sonhos: violam a intimidade, violam a linguagem com a qual se expressam, violam essa imagem como melhor lhes parece.

Quantas vezes fiz sexo com gente em sonhos e, no dia seguinte, não me atrevi nem a cumprimentá-la, pensando que no simples "bom-dia" se notaria a boa noite que passamos.

Talvez o mundo estivesse melhor se contássemos nossos sonhos eróticos àqueles que foram protagonistas neles.

Mas, na época em que me coube viver, isso era impossível. Nem eu imaginava que aquele dia mudaria meu mundo, e, com certeza, o de todos os demais. Talvez esses dias devessem ser marcados de pink no calendário. Devíamos registrar essa data como um daqueles momentos a partir do qual nada mais vai voltar a ser como antes, que vai mexer com todo o mundo da mesma maneira e criar lembranças coletivas. Dessa forma, poderíamos decidir se vale a pena levantar de manhã em um dia pink.

Meu tio viveu o 11 de setembro de 2001. Ele tinha vinte e dois anos quando aconteceu. Diz que o que mais o impressionou foi ver ao vivo a colisão do segundo avião. Ele sempre se perguntava: "O segundo avião demorou exatamente o tempo necessário para se chocar para que todas as redes de televisão pudessem informar da colisão do primeiro avião? Ou deveria se chocar junto com o primeiro, mas se atrasou?" Isso o preocupava enormemente. Ele queria saber se na realidade os artífices daquilo queriam que o mundo todo ligasse a televisão e visse o segundo impacto ou se foi tudo uma coincidência macabra. Às vezes, ele mesmo se respondia: "Se a alternativa correta for a primeira, então a maldade humana não tem limites". E eu juro que seus olhos se inundavam de uma tristeza extrema.

Voltando àquele dia, no dia em que chegou o pacote, eu sonhava com cervos com cabeça de águia. Acordei porque o animal me encarava com seu olhar de águia e seus chifres de cervo, como se me estudasse e estivesse prestes a pular sobre mim e arrancar meus olhos com suas garras de cervo-águia.

Mas, de repente, irrompeu no sonho uma luz vermelha piscando em seus olhos e que parecia meu interfone. Levei quinze segundos para perceber o erro e acordar. Mas talvez tenha sido menos tempo, não posso afirmar quanto demorei. O tempo nos sonhos é um mistério, é tão relativo...

De qualquer forma, acho que devemos agradecer por esses erros de continuidade nos sonhos. Mesmo quando às vezes descobrimos um desses erros e continuamos dormindo, porque não queremos acordar. O que prova que muita gente prefere dormir a viver, mesmo sabendo que a realidade de que está gozando é falsa.

Eu não sou desses; não gosto de perceber que o que estou sentindo é um sonho. Quando pressinto um erro desse tipo, acordo imediatamente.

O interfone voltou a tocar, mas dessa vez não interferiu; eu já estava acordando. Olhei o relógio: três da manhã, exatamente na hora em que prometeram que chegariam.

Levantei-me sem chinelos. Certas vezes na vida, temos de ir descalços até a porta para que o momento se torne mais épico.

E esse era um deles. Traziam-me o remédio que acabaria com meu sono, que me permitiria viver vinte e quatro horas por dia sem ter de descansar.

E, como deveria ser, sua chegada interferira em meu descanso. Rasgara de cima a baixo minha imaginação fictícia.

Afinal de contas, a partir daquele momento, isso seria interrompido para sempre.

2
MINHA MÃE ME DEIXOU E EU DECIDI DEIXAR O MUNDO

FUI ATÉ O INTERFONE. VI PELO VISOR UM RAPAZ TAILANDÊS DE UNS vinte e cinco anos vestido de maneira informal, acompanhado de um homem mais velho que parecia holandês; devia beirar os setenta e usava terno cinza. Mas também poderiam ter vinte e sessenta. Não ouça o que digo, nunca fui bom para idades; mas sou bom no que se refere a nacionalidades e sentimentos.

Acredito em qualquer tipo de inexatidão no que diz respeito aos anos. Se alguém me disser trinta e for razoável, acredito, mesmo que beire os quarenta. Acho que a idade pouco serve nesta vida. Minha mãe dizia que a verdadeira idade está no estômago e na cabeça. As rugas são apenas fruto das preocupações e de comer mal. Sempre achei que ela tinha razão. Então tentei me preocupar pouco e comer muito.

Percebi que as pessoas costumam se sentir bem quando me contam sua idade. Eu lhes respondo: "Achei que fosse mais novo". E isso as deixa malucas. Isso, e comentar sobre a pele bronzeada, é o que mais agradecem. Se eu disser a alguém: "Achei que fosse mais novo, e você está muito bronzeado", a loucura atinge seu ápice.

É curioso o filho do meu primo, que agora tem seis anos. Sempre que pedimos que ele adivinhe a idade de alguém com mais de vinte anos, ele observa atentamente e responde: "Você tem dez anos".

Tenha setenta, cinquenta ou vinte, para esse menino, todos têm dez anos. Possuir dois dígitos implica que ele te veja muito mais velho. Faz sentido; quando se tem um único dígito, dois é o fim de tudo.

Eu, quando vejo alguém muito mais velho, penso: *deve ter cem anos*; três dígitos é o máximo para alguém de dois. Não mudamos tanto de crianças para adultos; apenas nos separa um dígito a mais.

Senti que meus pés estavam esfriando. Mas não voltei ao quarto para buscar os chinelos. Quando decidimos ser épicos, temos de ser firmes. Senão, que merda de épico seremos?

Esperei com impaciência que o elevador chegasse ao meu andar. A luz vermelha da máquina piscava, e me lembrei mais uma vez dos cervos com cabeça de águia. Seus olhos também cintilavam. Fiquei nervoso. Toquei suavemente meu olho esquerdo. Sempre fazia isso quando estava nervoso ou mentia; por isso, desde que havia descoberto esse tique, quase nunca o fazia em público.

Eu me senti muito sozinho enquanto esperava. A verdade é que eu não esperava passar sozinho por esse momento épico.

Acho que para mudar uma parte essencial de nós mesmos – nesse caso, deixar de dormir –, não se devia viver sozinho. Devia haver alguém ao nosso lado, alguma pessoa dizendo: "Vai ser demais, é o seu grande dia".

Não é isso que acontece sempre que tomamos uma decisão importante na vida? No casamento, há pessoas à nossa volta dizendo coisas como essa. Mesmo quando assinamos uma hipoteca de trinta e cinco anos, há alguém com a frase perfeita para nos encorajar. E, principalmente, antes que o enfermeiro nos conduza para a cirurgia, alguém nos deseja boa sorte.

Mas, naquele momento, eu não tinha ninguém. Sempre fui uma pessoa solitária.

Bom, acho importante relatar um fato que me ocorreu há poucas horas. Não sei por que não contei antes...

Na realidade, sei sim: às vezes ficamos divagando para não ter de ir direto à raiz do problema. Principalmente quando a raiz é dolorosa e pode derrubar a árvore.

Minha mãe morreu ontem.

Telefonaram de Boston, onde ela estava fazendo sua última turnê. Ela era uma coreógrafa famosa, que sempre passara mais tempo fora do país que dentro dele. Sempre criando, sempre imaginando mundos, sempre vivendo por e para a sua arte. Às vezes, quando eu não entendia o porquê de tanto trabalho, ela me recordava uma frase de James Dean sobre o que é a vida no teatro: "Não pretendo ser o melhor. Apenas quero voar tão alto que ninguém possa me alcançar. Não para provar nada, só quero chegar aonde se chega quando se entrega a vida inteira e tudo que se é a uma única coisa".

E ela fez isso. Na verdade, quando ontem soube que minha mãe havia me deixado, percebi que eu deixaria o mundo.

Decidi que o mundo havia perdido seu grande ativo e deixei de acreditar nele, porque ninguém a havia impedido; o mundo nem sequer havia parado nem se escandalizado com a sua perda.

Não quero dizer que quis me suicidar ou desaparecer desse mundo. Mas necessitava que algo mudasse, que algo se modificasse, porque não podia mais viver no mundo tal como o conhecia.

Minha mãe havia partido, e a dor era insuportável. Juro que nunca havia sentido nada igual.

Mas não pense que aquela era a primeira morte que me aconteceu na vida. Às vezes, nossas primeiras mortes são tão intensas que nos parecem insuperáveis. Eu sofri várias. Minha avó, que sempre me amou com paixão, morreu há três anos e também foi um duro golpe em minha vida. Nos últimos tempos, ela já não se lembrava de quase nada, mas se emocionava ao me ver quando eu a visitava. Sua felicidade era tão grande quando me via que ela gritava de emoção. Eu me sentia tão querido... chorei muito por ela.

Lembro que uma noite, em Capri (gosto de ilhas. Só faço viagens de lazer a ilhas; quanto menores, melhor. Fazem com que eu me sinta gente), uma namorada que eu tinha acordou no meio da noite e me viu chorando desconsoladamente porque eu estava pensando na minha avó. Fazia só dois meses que ela havia morrido. A garota em questão me olhou com uma ternura que demorei a tornar a ver em outro ser humano. Ela me abraçou com força (não era um abraço de sexo, nem de amizade, mas de dor), e eu me deixei levar. Estava tão arrasado que me deixei apertar com força por ela. Mas jamais deixo que isso aconteça; não gosto de ser o abraçado, e sim o que abraça.

Mas ela me abraçou com força e sussurrou: "Não tem problema, Marcos, ela sabia que você a amava". Isso me fez chorar ainda mais.

Abri o berreiro. Adoro essa expressão. Acho que vale a pena se desmanchar por esses sentimentos.

Não pude mais conciliar o sono aquela noite em Capri. Ela sim, dormiu em meus braços, no meio deles. Minhas lágrimas secaram, e, em poucos meses, foi a nossa relação que acabou.

Pensei que no dia em que rompemos ela falaria daquele momento, do instante em que me abraçara e me acalmara. Se o tivesse feito, eu teria ficado mais seis meses com ela. Sei que pode parecer frio e calculista. Um abraço por uma crise de choro em Capri vale seis meses de relacionamento extra sem amor? A verdade é que, para mim, é o que vale; eu calculei. Não matematicamente, mas afetivamente. Mas ela não comentou nada, e eu agradeci.

Sempre pensei que a perdi por ser estúpido, mas nunca disse isso a ela. Sei que em pouco tempo ela se casou em Capri e senti que, de alguma maneira, ela piscava para mim. Mas talvez tenha sido apenas uma coincidência.

Mas eu não lhe disse que ela era a pessoa a quem eu mais havia amado, e por isso a perdi. Existem muitas coisas que, se ditas em voz alta, revelariam segredos de uma intensidade que talvez não pudéssemos assumir.

Eu ainda não pude contar a ninguém que de vez em quando choro desconsoladamente pela perda da minha avó. Não sei se as pessoas entenderiam; não sei se tentariam entender.

Quanto à minha mãe, eu ainda não havia telefonado para ninguém. Não havia comentado minha perda com nenhuma pessoa próxima. As pessoas entendem o que querem, o que lhes interessa.

Sei que pode parecer que eu esteja ressentido com essa sociedade, e a verdade é que naquele momento eu estava mesmo.

O elevador se abriu justamente quando a dor se tornava insuportável. O jovem informal tailandês e o senhor holandês de terno saíram.

O jovem carregava uma mala cinza metálica, dessas que só usamos quando sabemos que o que está dentro é valioso. Olharam-me de cima a baixo. Acho que se surpreenderam pelo fato de eu estar descalço. Ou talvez não... A verdade é que sempre que me sinto diferente penso que o resto do mundo vai perceber, mas a maioria não percebe nada.

Lembro-me de uma canção que diz: "Os belos são estranhos, todo mundo sabe, mas ninguém se atreve a falar. Também não se gostam e são complexados por serem diferentes". Sempre gostei dessa letra; sei que é mentira essa afirmação sobre as pessoas bonitas, mas adoro pensar que ser bonito não é a panaceia. Eu não sou, isso é óbvio; se fosse, não gostaria da canção.

Minha mãe dizia que eu me parecia muito com o James Dean. Coisas de mães. Mas, anos depois, escutei mais de uma dúzia de pessoas com a mesma opinião. Eu conheci o Dean em Menorca. Não fisicamente, já fazia anos que o carro dele havia se espatifado, mas lembro que a minha mãe tinha que se apresentar na ilha, e a chuva a impediu.

Lá estávamos, em um hotel de Fornells, ela e eu olhando a chuva que havia transformado um possível domingo de praia em um insosso dia de espera. Dias que parecem que não contam na vida.

Minha mãe perguntou se eu queria conhecer uma estrela, uma dessas que passam pelo firmamento por pouco tempo, mas que todo mundo fica tão encantado que ninguém as esquece. Eu, com doze anos, ansiava ver estrelas fulgurantes ou qualquer coisa que me distraísse naquele dia chuvoso.

Vimos *A leste do Éden*, *Rebelde sem causa* e *Assim caminha a humanidade* de uma vez só. Toda a sua filmografia em uma noite;

foi fácil. Quando *Assim caminha* acabou, senti o que minha mãe havia prognosticado: uma estrela fulgurante inesquecível havia cruzado minha vida.

Eu nunca soube se me pareço com o James Dean ou se o desejo de me parecer com ele fez com que, pouco a pouco, eu me assemelhasse a ele. Talvez seja um sentimento parecido ao dos cães que são fascinados por seus donos e por isso acabam se parecendo com eles.

Eu sempre defendi que o Dean não era bonito, mas era mágico. E que sua magia se confundia com a sua beleza.

O rapaz jovem da mala prateada era bonito. Tinha o cabelo de uma cor muito preta. Sempre gostei de cabelos de cores definidas. Outro detalhe que não possuo: meu cabelo é castanho apagado. A garota que me abraçou em Capri sempre dizia que meu cabelo era lindo, mas eu nunca soube se ela achava isso de verdade. Sou muito desconfiado em relação aos elogios que nos dedicam enquanto estamos abraçados na cama.

– Podemos entrar? – perguntou o homem jovem de cabelo preto sem nem ao menos se apresentar.

– Claro, claro – respondi duas vezes. Sempre que estou nervoso repito as palavras. Acontece desde pequeno.

O senhor holandês não disse nada. Entraram.

Ficaram parados ao cruzar a porta. Uma cortesia que sempre me pareceu estranha, principalmente quando só há um caminho possível do hall até a sala. As pessoas que fazem isso me recordam ratos de laboratório esperando que lhes mostrem onde está o queijo. Decidi me antecipar e os conduzi até a sala.

Na mesinha ainda estavam os pratos do jantar da noite anterior. Eu ainda fazia somente três refeições. Irracionalmente, pensei em abrir a persiana, mas era noite e aquilo não resolveria nada.

Iam se sentar bem no meio do sofá quando decidi que não estava a fim de que se acomodassem na minha sala. Não os conhecia tanto assim. Algo me dizia que não devia permitir.

– Não é melhor irmos para o terraço? – perguntei num tom que soava sugestão obrigatória.

O velho olhou para o jovem, e este pareceu concordar. Foi quando percebi que o jovem era o guarda-costas do velho.

Tenho certeza de que aceitaram, primeiro, por medidas de segurança, e depois porque também não estavam a fim de ficar sentados diante dos restos da lasanha de um desconhecido.

De novo esperaram gentilmente que eu indicasse o caminho. Eu lhes mostrei com gentileza os dois passos até o terraço. Eram ratinhos muito dóceis.

Morei em nove apartamentos na vida. Nunca me incomodou mudar, apenas pedia que o seguinte tivesse um terraço maior que o anterior. Para mim, progresso é isso: terraços maiores e vistas melhores. Do meu terraço dava para ver a agitada Praça Santa Ana, uma das mais lindas em que vivi. Não sei o que ela tem, mas a presença do Teatro Espanhol em uma de suas laterais faz com que a magia cênica se espalhe por cada canto da praça.

Mesmo depois de tanto tempo, quando olhava para aquela praça às três da manhã, eu me surpreendia ao ver quão cheia de vida estava. Todas as lojas abertas, as crianças brincando nos balanços, as mães tomando café com outras mães e um monte de gente aproveitando o *rem*. O *rem* era a nova refeição recém-criada do dia. Muita gente comentava que o *rem* era a mais importante refeição do dia. Não sei, pode ser que sim. Talvez vendo tudo da perspectiva de passar vinte e quatro horas acordado, o *rem* possa chegar a ser o momento perfeito para se alimentar.

O relógio deu três horas. Sempre andei um minuto adiantado. Como eu disse, sou impaciente. A essa hora, sempre se via gente de terno e gravata correndo para não se atrasar para o trabalho. Às três e meia da manhã, começava uma das jornadas de trabalho.

Aquela praça era um caos, mas poderia haver coisa melhor que receber o medicamento no meio daquela loucura? Exatamente a mesma que me esperaria quando eu o tomasse.

Acho que o homem mais velho não olhou nem um segundo para a praça. Depositou a mala sobre a mesa branca de jardim que havia no meio do terraço.

Justo nesse instante, pensei na minha mãe; no que ela diria se soubesse que, assim que ela morreu, decidi tomar uma injeção para não dormir mais.

Mas eu precisava que o mundo fosse diferente, precisava não sonhar mais com a perda dela, e que os dias não fossem mais iguais aos que existiam quando ela estava comigo.

Uma lágrima rolou pela minha face. Os dois homens pensaram que era pela emoção de receber a medicação. Se soubessem a verdade, não creio que a houvessem compreendido.

Suponho que tinham mãe, mas, à primeira vista, isso não era evidente.

O homem mais velho introduziu a mão na maleta. Em poucos segundos, eu veria como era a Cetamina, a medicação que, havia nove meses, enlouquecera o mundo.

3

PENSAR COMO O LADRÃO QUE PROCURA E COMO A PESSOA QUE ESCONDE

QUANDO A MÃO DO ANCIÃO REAPARECEU DE DENTRO DA MALA METÁ-
lica, seus dedos seguravam duas pequenas injeções, dessas que não
têm agulha, que furam sem que saibamos como. Eram do tamanho
dos antigos cartões USB que meu tio costumava ter em cima da mesa
do escritório. Ele os chamava de lápis eletrônicos.

    Agradeci por não serem injeções. Nunca gostei delas. Tenho medo.
Minha mãe sempre dizia que eram oportunidades que a vida nos dá
para soprar, para pedir desejos, mas o fato de penetrarem nossa pele
com uma agulha nunca será agradável, por mais que alguns preten-
dam dar a isso uma visão positiva.

    O homem mais velho me passou as duas estranhas cápsulas, mas,
quando fui pegá-las, ele de repente não as entregou. Era como o lance do corredor, mas ao contrário. Agora era ele quem conhecia o caminho, era ele quem sabia os passos, e não me daria a medicação sem
as orientações necessárias.

    Parecia ser criterioso. Esses são os verdadeiros inimigos dos im-
pacientes. Eu desejava injetá-la na veia, e ele com certeza desejava
me dar todos os detalhes. Olhou-me nos olhos bastante fixamente,
tanto que pude apenas afastar o olhar.

    – Sabe como funciona? – perguntou-me, esticando muito cada sí-
laba da frase.

Eu gostava da delicadeza e do tom daquele senhor. Era um pouco mais doce que o do jovem. Notava-se que queria criar empatia comigo. Ele não sabia que fazia tempo que eu já não queria mais ter amigos. Fazia anos que minha cota de conhecer gente havia sido em muito superada.

– Imagino que é só injetar e pronto, não? – respondi.

– Sim, em tese, é assim mesmo. Injeta e pronto. Mas, na prática, é um pouco mais complicado.

– O que quer dizer?

– Podemos nos sentar? – pediu o velho muito gentilmente.

Eu soube imediatamente que não devia me sentar, que não o devia escutar, que tinha apenas que pegar aquela injeção e fazer cumprir sua função. Mas o tom do homem me agradava, fazia-me recordar um antigo sacerdote que costumava me falar de Cristo quando eu era pequeno. Eu o escutava, abobalhado. Acreditei cegamente em tudo que ele me explicou: dogmas, milagres e fé. Até que minha avó ficou à beira da morte e rezei tanto que desgastei pai-nossos, ave-marias e credos. Minha avó morreu, e descobri que aquele padre havia me ensinado uns feitiços que não serviam para nada, absolutamente nada.

Eu me sentei ao lado do velho. Ele afastou as injeções da minha vista, como se desejasse que eu me concentrasse em sua voz, em seu momento. Parecia um mágico de parque de diversões.

Muita gente sabe que tem o seu momento, e o aproveita...

Os pescadores sabem quando alguém pede conselho sobre um peixe sem espinhas. Até os dermatologistas, quando lhes mostramos com preocupação uma pinta escura, sabem que é o seu momento. Até mesmo a mulher da limpeza, que vem às quintas e briga comigo porque o pó se acumula em lugares inacessíveis, tem consciência de que a devo escutar.

– Como você se chama, rapaz?

Enquanto o velho tentava me conhecer melhor, o jovem acendeu um cigarro e se voltou para olhar a praça, desinteressando-se por uma conversa que com certeza havia escutado milhares de vezes.

— Marcos — respondi gentilmente.

— Marcos, sei que a publicidade do produto diz que se você quer parar de dormir deve apenas injetar o conteúdo e, pouco a pouco, vão acontecer pequenas mudanças que o levarão a viver as vinte e quatro horas do dia sem dormir.

— Sim, é isso o que diz.

— Bem, pois devo lhe advertir que isso é verdade, mas também é... mentira — sentenciou com uma interessante pausa dramática.

Nesse momento, decidi que queria fumar. Pedi um cigarro ao rapaz. Há anos que o cigarro já não é mais o que era. Meu tio, que era um grande fumante, abandonou o vício quando minha avó morreu de câncer. Mais tarde, *os cigarros abandonaram as pessoas*, extraíram-se deles toda a nicotina e agora são como balas com fumaça.

Uma geração toda os abominou, mas a nossa, que descobriu clássicos de Bogart pela televisão, às vezes deseja fumar para imitar nossos heróis em preto e branco.

Ele me cedeu gentilmente um cigarro, e o acendi muito devagar. Era um momento único, um instante clássico em preto e branco.

— O que quer dizer com isso? — perguntei, expirando toda a fumaça que pude, coincidindo com o final da pergunta.

— Que você não vai mais dormir se o tomar, que seu corpo vai se recuperar em movimento. Mas o mais importante é que você saiba que consequências isso vai ter. Como tudo na vida, primeiro sua cabeça deve aceitar a mudança, entende?

Nunca gostei de demagogia nem desses "entende" condescendentes. Não suporto que as pessoas sejam condescendentes comigo. Muito menos ele, com a profissão que tinha.

Ele não sabia, mas me incomodou demais o fato de que duvidasse de minhas razões a respeito do que eu estava prestes a fazer, das mudanças que isso acarretaria e significaria. A verdade é que fiquei puto com todo aquele seu discurso tão simples.

— Está me perguntando se sei o que estou prestes a fazer?

— Sim, mais ou menos — e ele voltou a me olhar fixamente nos olhos.

– Sei, não vou mais dormir. E é o que quero. Só isso? – respondi sem sombra de simpatia.

Agora era ele quem me olhava com ressentimento. Com certeza não gostava de pressa em seu grande momento.

Ele não suportava a simplicidade verdadeira, e eu não suportava a falsa complexidade.

– Só isso – afirmou. – Devemos nos assegurar de que o usuário entenda o que vai fazer. Está com o dinheiro?

O tom mudou quando falou do tema financeiro. Deixou de ser doce, tornou-se áspero. Seu olhar deixou de me observar atentamente. Agora, eu não lhe era nada interessante.

Fui buscar o envelope com o dinheiro. Em espécie. Sempre cobravam assim, porque, no início, as pessoas tomavam as injeções e, em seguida, sustavam o cheque ou a transação e desapareciam. E depois, mesmo que encontradas, como lhes poderiam tirar algo que já haviam ganhado para sempre? Não dormir é como a imortalidade: se a dão a nós, como podem arrebatá-la depois?

Por isso cobravam em espécie.

Eu estava com o dinheiro em casa desde o dia anterior. Tirei-o do banco assim que soube da perda da minha mãe. Fui ao banco que havia no saguão do meu próprio edifício; não saí nem à rua.

Beirava às onze da noite quando saquei quase todas as minhas economias. Ao chegar em casa, não sabia onde guardá-las. Faltavam poucas horas para que trouxessem as injeções, mas eu tinha medo de que alguém me roubasse enquanto eu dormia.

Passei um tempo pensando onde esconder o dinheiro. Não sei se alguma vez vocês se depararam com esse problema de esconder dinheiro em casa. É complicado, porque pensamos como a pessoa que o esconde, mas, ao mesmo tempo, como o ladrão que o procura.

Acreditamos ter encontrado um bom lugar para escondê-lo, mas imediatamente pensamos como o ladrão e percebemos que aquele seria o primeiro lugar onde procuraríamos.

Meias, sapatos, fundos de armários, cantinhos, lajotas, o armário do banheiro... Todos parecem lugares brilhantes, mas imediatamente se transformam em esconderijos muito evidentes.

Levei quase duas horas para encontrar o lugar adequado. Devia ser um lugar inimaginável tanto para o dono do dinheiro quanto para o ladrão. E, além de tudo, fácil de lembrar. Quantas vezes escondemos coisas de valor tão bem que depois não as encontramos?

Fui até meu travesseiro, tirei a fronha e lá estava costurado o estreito envelope branco que continha todo o meu dinheiro. Que ironia... o travesseiro continha a chave para parar de dormir.

Voltei ao terraço. Os dois homens estavam calados. Isso me fez pensar que não se suportavam. Imaginei uma briga entre eles por um assunto de dinheiro, por incompatibilidade de gênios e até por algo obscuro relacionado a mulher. Estendi o dinheiro ao mais velho. Este o passou imediatamente ao jovem, que começou a contá-lo.

Quando acabou, tornou a contá-lo pela segunda vez. E a seguir pela terceira.

Ninguém falou durante essas três checagens, ninguém olhou para ninguém, apenas o som da praça inundava tudo. O som dos que já haviam conseguido. O dinheiro em movimento berrante.

– Está certo – disse o jovem, como se a checagem tripla não tivesse existido.

O velho me entregou as duas injeções. Eu as peguei e notei que sua mão era fria. Não gostei, nunca gostei de pessoas que não têm calor no corpo.

– Faça bom proveito – disse, sem nenhuma entonação positiva, para que eu não acreditasse que ele sentia o que me dizia.

– Obrigado. Espero que saibam encontrar a saída – respondi.

Eu sei, era muito mal-educado da minha parte não os acompanhar, mas eu não queria ter de desfazer o caminho até a porta, esperar que o elevador chegasse e tornar a me despedir.

Eles agradeceram e foram embora. Com certeza tinham de acordar muito mais gente para que não dormissem mais.

Eu me sentei na cadeira que o ancião deixara fria e continuei fumando, extraindo com força a falsa nicotina dos meus limpos pulmões.

Em minha mão esquerda estavam as duas injeções. Apertei-as com força.

4
OS MEDOS E SUAS CONSEQUÊNCIAS

TEMOS MEDOS. TODO MUNDO TEM MEDOS. MAS O BOM DA VIDA É QUE quase ninguém nos pergunta quais são os nossos.

As pessoas os intuem, os farejam, os descobrem um dia em um aeroporto, no meio de uma rua escura, ao tomar um ônibus em uma cidade desconhecida... E, de repente, percebem que temos medo de voar, da escuridão, de ser assaltado, ou de amar e entregar no sexo parte de nós.

Naquela noite, enquanto apertava as injeções, eu tinha um medo terrível de perder... de perder o sono, de me transformar em mais um que havia parado de dormir. Em mais um daqueles da praça. Minha mãe me disse certa vez: "Ser diferente depende apenas de quantos estejam em seu bando".

Não sei se as palavras do velho haviam me afetado ou se simplesmente, como acontece tantas vezes na vida, quando o momento se aproxima é que percebemos que talvez não o desejássemos.

Casamentos, investimentos, beijos, sexo... Em todos esses momentos podemos decidir dar marcha à ré em todo tipo de medo.

Reconheço, não queria aquilo, não era algo que houvesse pensado que deveria fazer.

Quando a Cetamina chegou, muita gente disse que jamais a tomaria. Que era preciso ser um imbecil para deixar de dormir, de praticar a sesta, de sonhar.

Em poucos meses, eram tantos os que haviam sucumbido, que os outros sentiam que ou se convertiam ou perderiam parte da vida.

Houve alguns que decidiram tomá-la por ciúme. Sim, por ciúme. O que fazia seu amado enquanto você dormia? Com quem estava, o que acontecia, o que via, o que sentia? Aquilo venceu muita gente, pessoas que não desejavam não estar nos momentos noturnos, que pareciam criados para que neles se passassem as coisas mais lindas do planeta. A sensação de ver seu companheiro chegar, acordá-lo e lhe contar algo incrível que aconteceu às cinco da manhã enquanto você ainda está com sono, com remela nos olhos, foi algo que venceu com muitas negativas de abandonar a vida noturna que conheciam.

Mas eu continuava querendo dormir quando escutava essas razões. Afinal de contas, sempre acreditei que dormir é como viajar para o futuro. Muita gente acha que jamais viajaremos para o futuro, mas eu acredito que fazemos isso todas as noites. Dormimos, e, quando acordamos, aconteceram coisas incríveis: firmaram-se tratados, mudaram os valores da bolsa, pessoas terminaram relacionamentos ou se apaixonaram em outras partes do planeta, onde a vida continua...

E todos esses grandes acontecimentos aconteceram enquanto dormíamos. Nesses dois segundos em que realmente transcorrem oito horas, ou nove ou dez, dependendo do que precisamos e do que encontramos. É que dormir nunca é igual.

Sempre me pareceu alucinante o suspiro do tempo que é dormir, quando se faz isso direito.

Sempre acreditei no dormir e no viajar para o futuro, talvez por isso perder esse momento tão meu, esses voos noturnos, me desse medo.

Vou lhe contar um segredo: às vezes, quando durmo rápido sem notar que caí no sono, acordo de repente, com medo, com um medo atroz; é como se meu organismo dormisse, mas meu cérebro não. De repente os dois acordam de supetão, e meus medos mais primários fazem com que eu me sinta como um menino pequeno e desprotegido. E então eu abraço quem está ao meu lado; eu daria todo o meu amor e todo o meu sexo a essa pessoa em troca de que cuidasse de mim.

Com o passar dos anos, percebi que é um medo que posso controlar quando tenho consciência de que apenas dormi e acordei rapidamente. É um medo primário, um medo instantâneo, mas fácil de dominar quando diagnosticado com rapidez. Mas o curioso é que, na realidade, não o quero controlar; gosto de me ver tão fraco.

E ali estava; eu ia fazer algo que havia renegado. Muita gente já não dormia, mas eu ainda acreditava que era importante.

Toda uma filosofia que havia desaparecido ao saber que minha mãe havia me deixado.

E eu sabia que, quando o fizesse, imediatamente viria aumento de trabalho, uma hipoteca nova. Dizem que a vida muda quando não dormimos. Que o horário de trabalho é outro, que se vive o tempo de outra maneira. Não sei, suponho que seja verdade. Mas as pessoas mentem tanto... Quase ninguém se queixa de uma viagem que lhe custou muito caro ou de uma entrada para um show que lhe custou os olhos da cara. O custo tem um *plus* que faz com que gostemos das coisas, ou, do contrário, escondemos que elas nos desagradaram. Ninguém é tão tolo a ponto de se foder e ainda por cima pagar pelo que o fodeu.

Decidi que já era o suficiente de medos; era hora de aplicar a medicação. Olhei para a praça e aproximei a injeção do braço.

Mas, bem na hora em que eu estava prestes a sentir o líquido nas veias, o inesperado aconteceu...

5
CORDAS VOCAIS EM FORMA DE AGULHAS DE TOCA-DISCOS

ACONTECEU. EU A VI. ELA ESTAVA NO MEIO DA ABARROTADA PRAÇA
Santa Ana. Bem no meio. Nem tentando buscar esse centro eu o teria encontrado melhor.

Estava esperando alguém. Seu olhar buscava, buscava, em centenas de direções. Seus olhos percorriam corpos, peles, passos... Estava ansiosa, esperando que seu encontro acontecesse. Eu, do meu sétimo andar, não podia parar de olhar para ela.

Havia algo em sua espera, no jeito como esperava, que me chamava poderosamente a atenção. Não sou de me apaixonar, já disse, nunca aconteceu.

Acredito pouco no amor e bastante no sexo. Mas aquela garota tinha algo tão estranho no jeito de esperar, como colocava as pernas, como se mexia, como procurava, que despertara um sentimento novo em mim. Talvez eu estivesse sendo muito épico.

Ali, descalço, às tantas da manhã, eu me sentia como um viciado com aquela injeção estranha a um milímetro de perfurar minha pele. Era como o efeito colateral daquele medicamento anterior ao êxtase.

De repente, um acordeonista e um violonista começaram a tocar uma melodia de jazz. Um rapaz muito jovem, que não chegava aos quinze, com o cabelo muito engomado, começou a cantar canções com um estilo tão *démodé* que parecia que todas as suas cordas vocais eram prolongações de agulhas de toca-discos.

Aquela canção não teria mais valor se não fosse porque aquelas melodias jazzísticas eram as favoritas da minha mãe; ela as punha toda hora quando eu era pequeno.

Tomei café da manhã, almocei e jantei com os grandes do mundo do jazz. Parker, Rollings e Ellington foram a trilha sonora da minha infância. Minha mãe sempre as cantava em voz baixa, sussurrando as letras. Jamais a plenos pulmões... Ela acreditava no sussurro, em sussurrar.

– Na vida, há pouco espaço para os sussurros – dizia-me. – Eu recebi três, ou seis minutos de sussurros. Frases muito curtas de homens em momentos muito pontuais: "Te amo... Nunca a esquecerei... Continue... Continue...". Os sussurros são tão poderosos que deveriam ser proibidos na cama. Ali todos mentem, absolutamente todos. Nunca sussurre na cama, menos ainda quando estiver fazendo sexo – repetiu com voz sussurrante certa vez em um táxi, a caminho do aeroporto de Pequim.

Sim, acho que é hora de lhes contar: minha mãe falava de sexo. Tive sorte na vida, desde os treze anos ela me falou do assunto que quase todos os pais desejam que jamais apareça em uma conversa.

De início, fiquei constrangido. Com treze anos ninguém quer que a mãe fale de nada, e menos ainda de sexo. Mas minha mãe sempre foi muito liberal. Bom, não gosto da palavra "liberal", e ela também não. Ela se considerava "livre".

Falava dela e de muita gente que admirava como "pessoas livres". Não sei se consegui ser livre.

Lembro que, quando eu tinha catorze anos, fomos a um hotel que era um arranha-céu. Hospedamo-nos no 112º andar. O primeiro arranha-céu em que pisei na vida. Fiquei alucinado, era realmente como estar no céu. Foi uma sensação estranha e intensa, mas, depois, pisei e vivi em tantos hotéis arranha-céus que esse momento se diluiu e eu o esqueci.

Por isso, às vezes, quando estou em um avião e pressinto que alguém está voando pela primeira vez, não tiro o olho de cima dessa pessoa. Dá para ver como ela está se divertindo... Como sente a decolagem, a rotina do voo a onze mil metros e o pânico da aterrissagem. Tento me inundar com sua paixão, seus medos, sua primeira vez. Sim, eu reconheço, sou um pouco vampiro de emoções primárias.

Pois naquele dia, naquele hotel de Nova York, só havia um quarto de casal. Eu tinha quase quinze anos, de modo que não queria em absoluto dividir a cama com a minha mãe. Eu tinha muita vergonha. Então, disse isso a ela. Ela me olhou como só ela sabia me olhar. Apenas pousava seus olhos em mim durante dez segundos, torcia a boca e eu já me sentia intimidado.

– Não quer dormir ao meu lado? – ela torceu a boca, e eu engoli em seco.

– Tenho quase quinze anos, mamãe.

– Eu também tinha quinze quando tive de dormir com você pela primeira vez. E também dormi durante os nove meses seguintes, embora você me desse vontade de vomitar e não parasse de me chutar. Mas, se preferir, pode dormir na cadeira. Somos livres, pessoas livres, e devemos decidir.

Aquilo me deixou quase sem fôlego. Ela colocou um de seus velhos discos de jazz e fumou um cigarro.

Não buscou em mim uma reação. Ela não acreditava que tivesse de coagir ou convencer as pessoas.

Eu me enfiei na cama, ao lado dela. Escutei a música e senti o cheiro dos seus cigarros.

Ela sempre fez com que eu me sentisse um adolescente especial.

A canção que tocava na primeira noite em que dormi com a minha mãe naquele arranha-céu era a mesma que eu escutava naquela noite em que ia deixar de dormir, naquele terraço com vista para a Santa Ana.

O rapaz de cabelo engomado a cantava em um ritmo tão sincopado que foi como se eu sentisse a presença da minha mãe perto de mim. Talvez fosse um sinal, não sei... Alguma coisa devia ser.

Ela continuava esperando. Seu rosto passivo-ativo me alucinava.

Ela não notara minha presença, não sentira que meus olhos não a abandonaram nem um só instante.

Meu olhar, minha presença, minha intermitente pulsação lhe eram estranhos.

E, assim como ela havia ficado no meio da praça, foi embora, a passos lentos.

Dirigiu-se ao Teatro Espanhol. Não parava de olhar o cartaz de *A morte do caixeiro-viajante*, a maravilhosa obra de Arthur Miller que naquele momento estava em cartaz.

De repente, deixou de haver incerteza em seus passos e ela foi direto para a entrada do teatro.

Aí eu montei o filme. Ela esperava alguém que não chegava, a peça estava prestes a começar, e ela tinha tomado uma decisão.

Quando nos deixam plantados às três da manhã e queremos ver uma peça de teatro, temos de tomar uma decisão. Acho que, naquele instante, seu orgulho pôde mais que sua tristeza.

Ela entrou apressada no teatro. Tive até a sensação de escutar o rapaz dar um pique em seu ingresso e o lanterninha sussurrar: "Fila seis, poltrona quinze, me acompanhe".

Eu a senti desaparecer do meu mundo e não soube o que fazer.

Adorei o fato de ela ter entrado no teatro. Minha mãe dizia que ninguém devia abalar nosso ânimo. Ninguém. Jamais.

Mas a ausência daquela garota do Espanhol me doía. Era como se me faltasse alguma coisa. É horrível e pavoroso sentir falta de algo que jamais possuímos.

O som do telefone me trouxe de volta à minha realidade. Soube que era grave pelos longos toques e pela cadência entre um e outro. Sempre achei que esses aparelhos têm inteligência e sabem quando vão transmitir más notícias, e por isso querem nos advertir com um tom propício para que saibamos o que se avizinha.

Atendi no sexto toque.

Abandonar o terraço foi como deixar meu destino. O cheiro de madeira de linóleo do chão me devolveu à minha rotina. A visão da minha sala me fez esquecer por um instante o momento que havia vivido ali fora.

– Alô? – Gosto de ser muito seco quando atendo o telefone.

– Venha pra cá imediatamente, acabou de acontecer algo incrível – disse meu chefe em um tom irritante que denotava extrema gravidade.

– O que aconteceu? – perguntei.

– Você não soube?

– Não, estava... dormindo.

– Então, veja o noticiário e pasme. A mídia acabou de saber há dez minutos. Venha rápido, precisamos de você.

Meu chefe já não dormia. Notava-se no tom que ele utilizava quando ainda não eram nem três e pouco da madrugada. Aqueles que não dormiam sempre tinham um tom das dez da manhã a hora que fosse. Eu me senti tolo por lhe dizer que estava dormindo.

Liguei a televisão. Eu esperava tudo, menos o que vi. Era tão incrível quanto meu chefe havia me antecipado.

Decidi mudar de canal para constatar que era verdade o que estava vivendo naquele instante.

A manchete da notícia do primeiro canal era impressionante e falava por si só: "Confirmada a chegada do primeiro extraterrestre ao planeta Terra".

As manchetes dos outros canais só difeririam na redação, mas sempre se repetia a palavra "extraterrestre".

Não havia fotos dele. Apenas um apresentador informando de um estúdio, e imagens de arquivo tiradas de filmes famosos.

Eu me sentei, bem, desabei no sofá. Fiquei vários minutos abobado olhando a manchete e observando o circo que haviam montado sem mais informação que a própria notícia.

Nem um dado a mais, nem uma imagem, nem alguém que confirmasse o que diziam. Só o nada absoluto.

Haviam acabado de conseguir a notícia, fazia só dez minutos, e eu já pressentia que passariam o dia repetindo aquela manchete desconcertante, mesmo que não conseguissem nada mais do que tinham naquele instante.

Com certeza seria recorde de audiência.

Minha avó me contou que ela vivera pela televisão a chegada do homem à Lua. Sempre recordava que minha mãe não parava de chorar porque os dentes dela estavam nascendo, e que, além de tudo, fazia um dia incrivelmente quente, como se o Sol se opusesse àquele momento com todas as suas forças.

Quem diria que outro verão quente seria o marco da chegada do primeiro extraterrestre à Terra? Apurei o ouvido para a rua em busca de crianças berrando por problemas bucais, mas só escutei uns latidos tímidos.

Decidi me vestir. Sabia o que estava me esperando quando chegasse ao trabalho. Logo soube, porque haviam me ligado, e isso me fazia sentir nervoso, mas, ao mesmo tempo, imensamente especial.

Escolhi tons escuros. Bebi uma garrafa de um litro e meio de leite em dois goles diretamente da embalagem.

Desci pela escada porque precisava pensar. Não sei por quê, mas o exercício físico executado de forma breve mas intensa me ajudava. Tudo que fosse rotineiro, como lavar louça, andar de bicicleta ergométrica ou descer escadas fortalecia minhas ideias e minha imaginação.

Já na Praça Santa Ana, notei que as pessoas estavam começando a tomar conhecimento da notícia.

De boca em boca, de sussurro em sussurro, como se o ar inócuo transportasse a notícia e a fosse levando a todos os que estavam lá fora.

O pessoal do balcão a transmitia aos garçons, estes, aos clientes, e estes, aos transeuntes. Pouco a pouco, deixavam os drinques em cima das mesas e se aglomeravam ao redor da televisão, hipnotizados. A rotina diária ou uma grande reunião ficavam suspensas por esse fato desconcertante que mudava a vida de todos.

Fui pegar um táxi, mas, quando minha mão se ergueu ao avistar um livre, eu a contive.

O Teatro Espanhol, ali na frente, impassível diante da grande notícia, me chamava.

Logo pensei: ela sabia o que havia acontecido? Quando entrou, o rapaz comentou com ela enquanto lhe indicava a fila e a poltrona? Ou será que estava alheia a tudo enquanto via *A morte do caixeiro-viajante*? Pensei que, naquele instante, Willy Loman estaria explicando à sua mulher sua altercação com o carro, ou talvez já estivesse criticando Biff. Pobre Biff...

Fui até aquele bloco de pedra teatral. Parecia um *bunker*. Todas as portas estavam fechadas. Fui em direção ao pôster que indicava em letras pequenas o elenco e a duração. No teatro, a duração dos espetáculos nunca está clara, mas ali dizia: "Cerca de 120 minutos". Pensei que, durante duas horas, ela estaria perdida na morte do caixeiro-viajante sem saber da chegada desse viajante de outro planeta, que talvez provocasse a morte da nossa vida, tal como a conhecíamos.

– Quer um táxi ou não?

O taxista de quem eu tinha escondido a mão havia percebido, diminuído a velocidade e me olhava ansioso. De soslaio, vi que já havia ligado o taxímetro. Nunca gostei de taxistas; não confio neles. Minha mãe tomava tantos táxis que me dizia que não tinha escolha: "Os táxis são como membros da família. São a sogra ou o tio que você sabe que vai pisar na bola, mas a quem você tem de amar".

– Se não quer, não levante a mão.

Odiava ter de pegar aquele táxi, mas naquela praça ou havia uma enxurrada de táxis livres ou não havia nenhum. Não queria arriscar.

Entrei lentamente enquanto escutava a força do teatro, aquele som que parece imperceptível, mas que está cheio de um intenso poder. Ouve-se perto de todos os teatros. É um som muito leve, que contém interpretações teatrais, suspiros de espectadores e movimentos suaves de roteiristas.

Aquele era o som da minha infância, uma vez que me criei em diversos teatros de centenas de países. Minha mãe era uma mulher de teatros. Se me ouvisse dizer isso me mataria, porque ela era uma mulher de dança.

– Para onde?
– Torrejón. Bloco E
– Sério?

E notei que o coração daquele taxista palpitava ao ritmo do taxímetro. Todo seu ser se emocionava, talvez até tenha tido uma ereção pensando no quanto ganharia, visto que Torrejón era um bom destino para me tirar muito dinheiro.

– Sério. E, se não se importa, desligue o ar-condicionado, vou abrir a janela.

Ele desligou sem reclamar. O táxi arrancou, e deixei minha praça e aquela garota que havia me abalado.

Fechei os olhos fingindo cansaço para que o taxista entendesse que eu não queria conversar. O comportamento nos primeiros cinco minutos é que define o trajeto no táxi. Senti que ele me olhava pelo retrovisor. A seguir, ligou o rádio e se esqueceu de mim.

Continuei um pouco com os olhos fechados, sabendo que em alguns minutos me encontraria "cara a cara" com aquele extraterrestre que tanto fascinava todo o mundo.

6
A DANÇA DO ESÔFAGO

POUCO A POUCO, QUILÔMETRO A QUILÔMETRO, FUI ABRINDO OS OLHOS.
Era a primeira vez que saía de casa depois de saber da morte da minha mãe. Por ficar em meu próprio edifício, o lance do banco não contava.

Tudo continuava igual na rua. As pessoas caminhavam sem rumo, os carros circulavam nervosos e a noite continuava tão latente como sempre.

Quem tem de morrer para que o mundo pare por completo e a gente desista dos nossos hábitos diários? Que pessoa é suficientemente importante para que tudo mude de maneira visceral?

Enquanto contornávamos o intenso trânsito de domingo às quatro da manhã, fui repassando dentro daquele táxi minha vida com minha mãe.

Ela sempre quis que eu fosse criativo. Jamais disse isso com essas palavras, mas sei que pensava assim.

Primeiro me instruiu na dança. Sempre gostei de observar os bailarinos e bailarinas executando suas coreografias. Ela era muito dura com eles, não os considerava seus filhos, nem sequer seus amigos. Acho que eram simplesmente o instrumento para que ela obtivesse o que desejava. Facas e garfos que aproximavam o manjar da boca.

Como explicar a dança dela... Eram coreografias diferentes, cheias de vida e de luz. Ela odiava tudo que fosse clássico. Na dança e na vida.

– O que é dança? – perguntei-lhe num inverno frio em Poznan, onde a temperatura não ultrapassava os cinco graus negativos.

– Tem tempo para escutar a resposta, Marcos? – ela respondeu de maneira fria.

Como eu odiava que ela pensasse que os meus catorze anos jamais eram suficientes e que, sempre que eu lhe perguntasse algo que cheirasse a adulto, tivesse de escutar aquela bendita resposta. Aquilo me incomodava enormemente. Além de fazer com que eu me sentisse um menino distraído, punha em questão meu interesse.

– Claro – repliquei, ofendido.

– Dança é a forma de mostrar o sentimento do nosso esôfago – ela sentenciou.

Como você pode imaginar, não entendi nada.

Vou explicar. Ela acreditava que o coração era o órgão mais valorizado que existia. O amor, a paixão e a dor pertenciam exclusivamente a essa pequenina e vermelha síncope. E isso a incomodava demais.

Por isso, não sei quando, acho que antes de eu nascer, ela decidiu que o esôfago seria o órgão que possuiria a vitalidade artística. E, segundo ela, a dança plasmava sua vitalidade; a pintura mostrava suas cores; o cinema, seu movimento, e o teatro, sua linguagem.

– Pela M-30 ou pela M-40? – consultou-me o taxista, devolvendo-me à realidade com uma das dúvidas mais terrenas que existem.

– O senhor que sabe – repliquei, e ele voltou ao seu mundo e eu ao meu.

Aos dezesseis anos, decidi pintar.

Abandonei a dança porque era o mundo dela, o mundo da minha mãe. Eu sabia que jamais poderia chegar a nada, que não tinha nem uma mínima parte do talento dela. Acaso os filhos de Humphrey Bogart e de Elizabeth Taylor se sentiram capazes de emular seus progenitores?

Eu queria pintar a vida, queria fazer uma série de quadros, uma trilogia de conceitos. Plasmá-los em pinturas. A vida em três telas.

Não era uma ideia ao acaso, surgiu quando vi o quadro *La vida*, de Picasso. É meu quadro favorito do artista. Vi-o em Cleveland. Minha mãe estava estreando na cidade seu último e inovador grande espetáculo, e eu passei três horas observando aquela maravilha no museu. Não vi mais nenhuma tela. Com dezesseis anos, fiquei fascinado com aquela obra-prima azul.

De que fala *La vida*? De amor.

Minha mãe sempre dizia que tudo o que é bom em nível artístico fala do amor. Os lendários filmes reprisados, as eternas peças que se representam várias vezes no teatro e até os livros épicos que se releem durante décadas e mais décadas. Todos têm em comum o amor ou a perda desse amor.

Em particular, no quadro *La vida,* há quatro grupos de pessoas: um casal que se ama, outro que se deseja, um rapaz sozinho que perdeu sua amada e outro feliz por não a ter mais consigo. Eu acho que cada grupo simboliza uma etapa da nossa vida, os momentos pontuais que temos, que sentimos.

Eu, naquele instante da vida, sentia-me como o rapaz sozinho, aquele que havia perdido sua amada, mas que não desejava isso. O amor solitário não deixa de ser amor, mas é totalmente diferente do amor do casal que se ama, daquele que se deseja e daquele que se alegra com sua própria perda.

Perguntei-me se aquele taxista estaria apaixonado naquele instante. Se desejava alguém em silêncio, se naquela noite havia feito sexo, se havia gostado.

Quem dera pudéssemos nos fazer essas perguntas sem ficarmos com vergonha. Da mesma maneira que esse quadro nos obriga a respondê-las só de observá-lo mais detalhadamente.

Minha mãe jamais me culpou porque eu não fui à sua estreia em Cleveland. Eu lhe falei do quadro de Picasso e de minha ideia de pintar uma trilogia sobre a vida.

Ela me escutou atentamente, levou seus bons dez minutos (ela jamais respondia com rapidez a questões importantes; além de tudo, achava que o mundo seria melhor se todos fizéssemos o mesmo) e me disse:

– Se quer pintar uma trilogia sobre a vida, fale sobre infância, sexo e morte. Essa é a vida em três conceitos. – Em seguida, saiu para tomar seu banho pós-estreia.

Ela adorava a água. Dizia que as ideias, a criação, dependem do que nos cerca.

Achava que as pessoas pensam que o ar que respiramos é o condutor ideal para criar, mas que estão totalmente enganadas. Poderia ser a água, e me explicava que muitos inventores haviam tido suas melhores ideias quando seu corpo estava totalmente submerso. Ou também poderia ser o oxigênio misturado com a música em um concerto, ou escutando a mesma canção várias vezes enquanto se busca a ideia perfeita. Ou, às vezes, apenas sentindo o cheiro da madeira queimada de uma lareira podia ser que se encontrasse a inspiração.

Ela passou a vida procurando sua atmosfera ideal para criar. Eu sempre achei que eram seus banhos pós-estreia, até que, um dia, em um avião, ela me disse:

– Acho que meu cheiro de criação é a mistura da sua respiração com a minha. – Então respirou com força e me disse para também fazer isso. Expiramos e inspiramos duas ou três vezes. – As ideias já estão vindo – disse enquanto sorria para mim.

Eu me senti lisonjeado e ao mesmo tempo muito envergonhado.

Não tornei a falar naquele avião. Quase tentei não respirar, e foi uma longa viagem de oito horas entre Montreal e Barcelona.

Às vezes, é difícil aceitar que nos digam algo tão bonito.

O taxista mudou de estação. A música desapareceu e voltou a notícia sobre o extraterrestre. O taxista, que parecia a desconhecer, aumentou ao máximo o volume, como se com isso obtivesse mais informação do que a que transmitiam na realidade.

– Ouviu o que disseram? – perguntou, sobressaltado.

– Sim.

– Acha que é verdade? – e mudou de estação várias vezes. – Caramba, mas que coisa, hein? Um extraterrestre aqui, não sabem mais o que inventar.

– Não, não sabem mais o que inventar – repeti, sem saber o que mais responder.

A conversa acabou mais uma vez. Ele acelerou. Acho que minha indiferença o incomodava. Se soubesse que, em dezesseis minutos, eu estaria com aquele extraterrestre, suponho que então estaria muito mais interessado naquele passageiro tão pouco comunicativo.

Segui o conselho da minha mãe sobre a trilogia. Pintei a morte com vinte e três anos e a infância com dezessete, mas jamais o sexo.

Acho que às vezes não nos atrevemos a pintar algo que sabemos que é tão profundo em nós.

Minha mãe me falava tanto de sexo quando eu era pequeno que acabei abominando tudo que tivesse a ver com ele. Jamais deixei de fazer sexo, mas acho que não soube lidar com ele em uma paleta de cores.

A morte foi fácil pintar.

Mas foi muito difícil que me deixassem entrar em contato com ela. Percorri centenas de prisões dos Estados Unidos onde vigorava a pena de morte. Consegui, graças a um diretor penitenciário apaixonado pela minha mãe, que me deixassem fazer amizade com presos que morreriam logo, e então lhes perguntei sobre a morte que os esperava em curto prazo.

Horas e horas eles me falando sobre morte, e eu escutando. Incontáveis meses buscando algo que eles me mostrassem que eu poderia pintar. Acaso eles e os doentes terminais não são os únicos lúcidos em relação à morte? Eles a esperam, a conhecem, a vislumbram há anos, às vezes a meio palmo. Acho até que chegam a ser bons amigos com data de validade.

Preferi os presos aos doentes porque, de alguma maneira, a dor não seria tão intensa, e a morte se definiria mais claramente, sem estar misturada com outro sentimento duro e quase impossível de retratar.

Todos aqueles presos que conheci pareciam inocentes; eu os teria perdoado. Não sei o que a morte tem que faz com que todos os seres humanos pareçam tão frágeis, inocentes e *naïfs*.

E aqueles condenados me falaram de tantas coisas, algumas tão obscuras, outras tão terrivelmente cheias de luz...

Até que conheci um... chamava-se David. David ia ser executado por violentar e matar suas duas irmãs. Pediu sua última refeição, um estranho rito que se conserva em todas essas prisões. Uma gentileza absurda.

Ele não pediu grande coisa, um sorvete de nata e nozes. Mas, quando levaram o pedido, naquela inexpressiva bandeja azul, vi que aquilo era a morte. Tinha apenas de pintar sua última vontade.

Peguei meus pincéis e pintei aquilo. Fui o mais realista que pude. A nata branca, o ocre das nozes e o azul da bandeja.

David morreu; não vi como foi, não pude suportar. Eu havia tomado carinho por ele.

O quadro, segundo minha mãe, exalava morte.

Eu quase não podia olhar para ele, então o dei de presente a um velho amigo. Nem nunca mais tomei sorvete de nata com nozes. Quando tento, é como se a morte me causasse engulhos.

A infância foi mais fácil de desenhar. Lembro que minha mãe sempre dizia que era mentira que fosse a época mais feliz da vida. Ela achava que é quando mais choramos. Dizia que se chora tão desconsoladamente durante esses primeiros anos, que a infância é como toneladas de tristeza misturada com quilos de felicidade. A grande época bipolar da vida.

Isso foi minha inspiração. Pintei crianças pequenas a quem eu dava brinquedos, e em dois minutos os tomava delas.

Buscava as lágrimas mais críveis, os soluços mais dramáticos misturados com o sorriso e a felicidade incrível que ainda perduravam no rosto delas. A posse e a perda do brinquedo produziam as duas reações.

Acabei obtendo um quadro realmente perturbador. Felicidade e tristeza extremas, infância pura. Minha mãe ficou tão orgulhosa de mim... Abraçou-me tão forte que senti que meu esôfago e o dela se fundiam. A seguir, sussurrou:

– O sexo. Agora vá atrás do sexo, Marcos. Pinte-o.

O sexo. Jamais dei um passo para pintá-lo. Acho que minha mãe não me perdoou. Começou a ignorar minha pintura. Eu lhe prometi que acabaria a trilogia, mas haviam se passado treze anos e eu quase havia esquecido tudo.

Em poucas horas seu corpo chegaria e se cumpriria uma premonição que ela me contou há anos em um barco rumo à Finlândia: "Um dia, você vai olhar meus olhos sem vida e ainda não terá criado a trilogia sobre a sua vida". Eu odiava que ela tivesse razão, como quando achava que com catorze anos eu não prestaria atenção à resposta dela sobre minha pergunta adulta.

Odiava que me dissesse aquilo de forma tão teatral. E, principalmente, odiava que existissem olhos sem vida.

O taxista chegou ao destino.

Paguei. Não lhe dei gorjeta.

Meu assistente me esperava na porta do complexo. Dani tinha uma pele luminosa. Não sei como conseguia, mas sempre respirava frescor.

Sei que sentia um grande apreço por mim e sempre tentava me oferecer um grande sorriso. Ele tinha uma galeria de doze ou treze sorrisos, mas naquele dia sua pele estava retraída e seu sorriso era uma careta de preocupação. Todo seu rosto estava completamente encolhido.

Ele me olhava com seus olhos verdes, cheios de preocupação.

Desci do táxi. O taxista arrancou quase no instante em que eu fechava a porta. Um pouco mais e me levava junto. Acho que ficou bravo porque não lhe dei gorjeta.

– Está lá dentro – disse meu assistente assim que o táxi fugiu. – Não sei como ele é, mas querem que você o veja imediatamente. Todo mundo está nervoso.

– É verde, pequeno, antenas e olhos gigantescos e pretos? – brinquei.

– Não – ele respondeu, sem rir.

Pegamos um segundo carro e nos dirigimos aos escritórios. Eu não estava nada nervoso; apenas pensava que deveria acabar o quadro do sexo antes que o corpo da minha mãe chegasse, antes de olhar seus olhos sem vida.

Realmente, eu ainda não os tinha visto, de modo que ainda poderia acabar minha trilogia.

Sei que parecia estúpido. Eu ia conhecer o primeiro estranho que já chegou ao planeta Terra, e minha cabeça só pensava em fazer um estranho quadro sobre sexo.

7

NÃO SEI
SE O DOM
ME ENCONTROU
OU SE FUI
EU QUE
O ENCONTREI

EU GOSTAVA MUITO DO CURTO TRAJETO DA ENTRADA ATÉ O ESCRITÓ-rio central. O motorista, um peruano de sessenta anos de alma jovem, sempre colocava um CD do Cranberries assim que me via entrar no carro. Em seguida, sorria para mim, mostrando seus dois dentes de ouro.

Certo dia, me contou que eram do seu pai. Que, quando o pai morreu, ele os mandou arrancar e ficou com eles. Mandou tirar dois dentes saudáveis seus e implantou os do pai no lugar.

– Meu pai está dentro de mim – disse-me certa vez, enquanto sorria pelo retrovisor mostrando os dentes dourados.

– Com certeza ele ficaria orgulhoso de você – respondi.

– Não acredito – ele acrescentou. – Essa era a única parte brilhante do meu pai; o resto não era bonito de ver, não iluminava nada nem ninguém.

Não tornamos a falar de sua dentadura, mas, sempre que ele sorria, eu me sentia ligado a ele.

Gosto das pessoas que nos fazem sentir calorosos tão facilmente. Conseguem isso de maneira tão simples que não sabemos como. É como um desses códigos ocultos da Microsoft. Só o criador conhece a fonte.

Diz um provérbio chinês que adoro: "Não abra uma loja se você não sabe sorrir". Meu motorista peruano poderia abrir cem grandes lojas de departamento.

Dani continuava muito nervoso; sua pele ia perdendo a pouca textura que lhe restava. Fez um sinal para o peruano, e seu sorriso desapareceu por trás do vidro preto que nos separava dele e da música dos Cranberries.

– Diga, é verdade o que dizem as notícias? – decidi me antecipar à sua inquietude.

– Sim. Está lá dentro. Querem que você fale com ele, que utilize seu dom e confirme se realmente ele é quem diz ser – respondeu Dani, tentando fazer, como sempre, que a palavra "dom" não soasse excessivamente estranha em seus lábios.

Fiquei pensando. Não tinha certeza se o meu dom funcionaria com ele. Esperava que sim, visto que ele nunca havia me deixado na mão, mas tinha minhas dúvidas.

Dani respeitou o meu silêncio durante quase meio minuto, mas logo voltou a interromper meus pensamentos.

– Já deixou de dormir?

Isso sim que eu não esperava: uma mudança radical de conversa. Imaginei que ele queria me fazer relaxar. Peguei as duas injeções que levava no bolso e as mostrei a ele. Ele as olhou com tanto desejo, como se fossem pãezinhos na época da Grande Depressão. Acho que nunca as tinha visto tão de perto.

– São de verdade? – perguntou, enquanto as acariciava suavemente, tal qual um gato.

– Custaram como se fossem.

– E por que não as injetou? – ele perguntou, enquanto as aproximava da pele.

– Não sei, não era o momento.

– E a outra, para quem é? – disse, devolvendo-as antes que as injetasse em si mesmo, em um arroubo.

Sim, é verdade, eu não havia contado que sempre que alguém comprava uma injeção, ganhava outra. Não é que houvesse uma oferta tipo "compre uma e leve duas", mas é que, por uma questão de fabricação, o fármaco necessário para criar uma injeção era o mesmo que para criar duas. Assim, era como se dessem a outra de brinde.

Tentei dissuadi-los, não me interessava ter duas injeções. Teria sido melhor um desconto, mas não consegui nada. A verdade é que eu não havia pensado no que Dani estava me perguntando; eu não sabia para quem daria a outra.

– Quer uma? – perguntei.

Sei que ele queria parar de dormir. Comentara isso centenas de vezes, mas não tinha dinheiro para comprar.

– Não posso pagar – respondeu, enquanto corava, como sempre que lhe dirigiam um elogio excessivo.

– Não estou vendendo, Dani, estou dando.

– Não posso pagar, lamento. –

Em seguida, baixou o vidro preto.

– O chefe está te esperando na entrada. Ele quer falar com você antes que você veja o estranho.

E pronunciou a palavra "estranho" bem no instante em que o vidro desaparecia totalmente. Sei que já não devia perguntar mais nada, porque já não tínhamos intimidade, mas não pude evitar.

– Vocês o chamam de estranho?

Dani hesitou em responder. Olhou para o peruano, depois para mim, achando que o perigo de vazamento era mínimo ou que a informação não tinha nenhum valor.

– Sim, decidiram assim. Até que se confirme sua origem, será "o estranho".

O carro freou. Havíamos chegado ao edifício central. Vi os sapatos do chefe ao lado do veículo.

Estava à espera de que Dani abrisse a porta, mas ele não o fazia; permanecia imóvel, como se quisesse me dizer algo mais. Eu o olhei como que o convidando para falar. Mas ele estava demorando, e os sapatos do chefe pareciam cada vez mais nervosos, mais cheios de expectativa. Era como se dançassem um sapateado.

– Agradeço a oferta – disse finalmente, corando de novo. – Você sabe que não há nada que eu deseje mais nesta vida do que não dormir mais. Dê-me duas horas para arranjar um pouco de dinheiro. Se lhe parecer suficiente, compro a outra injeção.

Abriu a porta tão rápido que não tive tempo de lhe responder. Eu adorava a fragilidade de Dani. Sorri para o peruano antes de abandonar seu território.

– Eu acredito que o estranho é um extraterrestre – disse, sorrindo. – Boa sorte com seu dom, vamos ver o que descobre.

Eu sempre havia suspeitado que aquele vidro escuro não servia para nada. Quando o fechávamos, eu sentia a respiração do peruano absorvendo tudo o que dizíamos. Assimilando, processando e finalmente olhando para nós quando achávamos que ele não havia percebido nada.

Mas, com certeza, se o peruano nos escutava ou não por trás do vidro, não nos importava.

Acho que nesse instante vocês estão se perguntando qual é o meu dom. Qual é o meu trabalho, como ganho a vida.

A pintura, como bem devem ter intuído, foi um *hobby* que não chegou a ser uma profissão. Acho que não há nada mais difícil que reconhecer que sua veia artística não lhe dará um futuro profissional.

Há algo desolador, triste, quando sentimos que fazemos parte do saco daqueles para quem o trabalho e a criação talvez não andem de mãos dadas.

Mas isso não quer dizer que abandonei a pintura. Ainda pinto em meu tempo livre. Mas não de verdade, não em telas, e sim na imaginação. A verdade é que tenho muitos momentos ociosos; meu trabalho não me ocupa muito, visto que é pouco habitual.

Não sei bem se o dom me encontrou ou se eu o encontrei.

– Esperamos muito de você, Marcos – disse o chefe, assim que pisei o chão.

Em seguida, apertou tão forte minha mão que senti que dois dedos meus quase se quebraram.

Meu chefe era um sessentão belga que havia sido campeão olímpico de tiro com arco. Eu o vira atirar em uma única ocasião. Seu rosto era de prazer absoluto quando pegava o arco. Adoro os rostos que surgem junto à paixão de nossa vida.

Minha mãe achava que o mundo seria melhor se nosso eu sexual invadisse nosso eu doméstico. Ela me contou, quando eu tinha quinze anos, que eu devia entender que havia duas pessoas em mim: meu eu sexual e meu eu doméstico.

– Seu eu sexual, Marcos, talvez você ainda não conheça – disse, enquanto esperávamos na plateia antes de um ensaio geral em Essen. – Mas logo você o sentirá. Ele aparecerá em momentos pontuais de sua vida: quando desejar alguém, quando fizer sexo ou simplesmente nos momentos mais absurdos. Seu eu sexual é o mais importante de sua vida porque, quando você entrar em um lugar onde nunca esteve, ele se ativará. Você o sentirá rastrear, buscar o que deseja, apaixonar-se, entusiasmar-se, encher-se de paixão. Talvez você ainda não o tenha sentido, mas, em breve, sempre que conhecer gente, vai acabar se perguntando o que essas pessoas vão significar para você. Só de entrar em um avião, você vai saber imediatamente quais pessoas você deseja, quais seriam capazes de amá-lo, quais você amaria e com quais desejaria fazer sexo. Isso é inato nas pessoas, e você deve compreender que desejar, que sentir, não é uma coisa ruim. Faz parte do seu eu sexual. Seu eu doméstico, seu eu formal, apagará seu eu sexual e o tornará dócil e apresentável aos olhos da sociedade. Mas, Marcos, como vamos conhecer as pessoas que nos cercam se não sabemos como elas são realmente, se não conhecemos seus suspiros, seus desejos sexuais, o jeito que mostram sua paixão mais extrema? Como pode ser se não conhecemos tudo isso? Seríamos muito mais felizes se nosso eu sexual controlasse nossa vida e se nosso rosto mostrasse a felicidade da paixão.

O ensaio geral começou em Essen, e ela se esqueceu de mim a partir desse instante.

Lembro cada uma de suas palavras. Jamais me atrevi a aplicar nada do que ela me disse, mas sei que ela não falava de orgias nem de fazer o que quiséssemos em qualquer momento da vida.

Ela falava que a felicidade que sentimos no quarto devia ser levada para o escritório, para um dia triste de inverno, enquanto passeamos pela rua ou esperamos o ônibus.

Quando meu chefe pegava o arco, acho que seu eu sexual aparecia. O som que ele emitia eram minigemidos de paixão. Ele se iluminava inteiro, como eu nunca havia visto. Nesse dia, pensei que minha mãe tinha razão, e a compreendi um pouco mais.

– Farei o que puder – respondi a meu chefe, enquanto entrávamos nos escritórios.

Talvez essa também tivesse sido uma boa resposta para o discurso da minha mãe em Essen.

Mas eu não lhe disse nada. Com minha mãe, muitas conversas ficavam inconclusas. Ela não acreditava em finalizar nem discussões, nem conversas, nem espetáculos de dança.

Dizia que os pontos finais facilitam a vida das pessoas. Os pontos além e as reticências aumentam a inteligência.

Como eu sentia falta dela! Sua perda me doía até um extremo que eu jamais teria imaginado. Queria chorar, mas não consegui. Só havia soltado uma lágrima solitária em um terraço. E isso não chega a ser um choro. Choro são, no mínimo, duas ou três lágrimas; uma só é pena.

Fomos até o porão. Era lógico que mantivessem o estranho ali. Todos aqueles com quem cruzávamos me olhavam com esperança. Todos sabiam do meu dom e do que eu podia fazer.

Meu dom... É difícil explicar. O modo como aprendi a utilizá-lo é muito mais estranho de relatar. Como acabei trabalhando para eles, acho que também não é nada simples de explicar.

Mas quero contar. Existem coisas, detalhes, que fazem parte de nós mesmos para que sejamos como somos. E o dom era algo que me definia.

Contudo, eu o utilizava muito pouco. Não gostava de usá-lo na vida normal, então o mantinha quase sempre desligado. Isso fazia com que eu me sentisse mais vivo. Se o meu dom estivesse ligado quando vi a menina do Teatro Espanhol, talvez não tivesse sentido o mesmo por ela.

O que senti foi primário, foi muito verdadeiro. Apaixonar-me por uma espera. Voltei a pensar nela, ainda devia estar no teatro, aproveitando, sorrindo e gozando daquela peça do caixeiro-viajante.

Como podia sentir tanto a sua falta sem conhecê-la? O ser humano é mágico e indescritível. Sentia algo especial ao tornar a recordá-la.

Da primeira vez que encontrei o dom também foi em um teatro. Eu tinha dezessete anos. Dizem que essa é a idade em que os dons aparecem. Nesse dia, conheci uma bailarina nova nos camarins. Minha mãe confiava muito nela para dar um novo estilo à sua coreografia.

Topei com a dançarina naqueles vestiários profundos de Colônia, e, de repente, sem entender por quê, em apenas dois segundos, apenas olhando para ela, conheci toda a sua vida.

Seus sonhos, seus desejos, suas mentiras chegaram até mim. Tudo o que eram sentimentos e paixões realizadas me foram transmitidos de maneira clara, como se eu os recebesse por meio de raios infravermelhos.

Percebi a dor pela morte do seu irmãozinho. Uma dor tão grande que notei que provinha da culpa que ela sentia por tê-lo deixado sozinho em casa. Também senti a tristeza que a invadia cada vez que ela fazia sexo com desconhecidos. Ela não gostava, havia sido violentada aos quinze anos, e o sexo para ela jamais era agradável, apenas fazia parte de algo que sentia que devia fazer, mesmo que não fosse prazeroso.

E da mesma forma como esses dois sentimentos tão profundos chegaram até mim, ocorreu-me mais de uma dúzia deles. Era como escarafunchar a vida de alguém sem nem sequer desejar. Meu rosto se encheu com suas emoções, a tal ponto que tive de ir embora, afastar-me dela. Eu não sabia o que tinha acontecido, mas havia visto sua vida, seus pontos fracos, e também o que fazia com que ela se sentisse à vontade e orgulhosa.

Também percebi o ódio que ela sentia da minha mãe. Era um ódio tão forte e terrível que cheguei a pensar que ele poderia matá-la.

Mas não disse nada à minha mãe, porque não pensei que nada daquilo fosse verdade.

Dois meses depois, aquela bailarina cravou uma tesoura no coração da minha mãe. Não foi grave, mas apenas dois centímetros mais para a esquerda e minha mãe teria morrido.

Na UTI, eu lhe contei o que havia sentido quando conheci quem a atacara. Ela me olhou, pensou um tempo e depois disse:

– Você tem um dom, Marcos. Aprenda a usá-lo e não deixe jamais que ele use você.

Nunca mais voltamos a falar sobre o meu dom. O coração da minha mãe se recuperou. Ela nunca se importou, porque seu desprezo por esse órgão, que ela considerava injustamente supervalorizado, era total. Acho que era seu esôfago que controlava suas emoções mais importantes.

– Quer entrar sozinho para ver o estranho? – perguntou meu chefe. Assenti.

– Quanto tempo faz que ele está preso? – perguntei antes de entrar.

– Três meses – ele respondeu.

– Faz três meses que vocês o mantêm trancado? – indignei-me.

– Tentamos todo tipo de métodos, mas não conseguimos saber se ele é ou não um estranho. Vamos ver o que diz seu dom.

Se haviam recorrido a mim era porque eu era a última opção. Antes de mim, com certeza, haviam cruzado aquela porta militares, psicólogos, médicos e até torturadores de elite. Todos deviam ter fracassado, porque nas altas esferas meu dom não era muito popular.

– Como a imprensa ficou sabendo? – indaguei.

O chefe estava ficando cada vez mais nervoso. Acho que não ele queria que eu lhe fizesse perguntas, e sim que lhe desse respostas.

– Vazamento, suponho – murmurou sem nenhum interesse.

– Pelo que vi na televisão, em poucas horas a mídia vai querer conhecê-lo.

– Por isso você está aqui – ele sentenciou, querendo que eu entrasse.

– Vocês têm de desligar todas as câmeras, senão haverá interferências.

Sua expressão mudou radicalmente; ele não pretendia perder a comunicação com aquela sala.

– Dessa vez, você não pode tentar pôr seu dom prática com as câmeras ligadas?

– O dom não vai funcionar – recordei-lhe. – As interferências eletromagnéticas não me deixarão distinguir o que é real do que é falso. O imaginado do acontecido.

Meu chefe esfregou o rosto; aquilo não lhe agradava em absoluto. Imaginei o que lhe custaria levar meu pedido a seus superiores. Eles não achariam nenhuma graça em perder aquele momento curioso com o estranho.

– Está bem, desligaremos tudo – aceitou. – Faça o que precisar para obter a informação.

Ele foi embora, e fiquei sozinho diante daquela porta.

8
A GAROTA PORTUGUESA E O PADEIRO QUE AMAVA OS CAVALOS

ANTES DE ENTRAR E DE GIRAR A MAÇANETA, COMECEI A DEIXAR QUE O dom me penetrasse. Não era algo doloroso, era uma mistura de estranheza e prazer.

Não lhes falei muito do dom, mas, quando permito que ele me invada, sinto-me muito poderoso.

O dom me faz pressentir... Bem, não gosto dessa palavra... Digamos que ele me "dá" de início a lembrança mais terrível e também a mais prazerosa da pessoa a quem estou olhando nos olhos fixamente.

Já vi crimes horríveis, desejos consumados, dor insuportável, terror psicológico e imediatamente amor sem limites, paixão desenfreada e felicidade extrema.

Nesse instante inicial em que observo a pessoa, obtenho essa dualidade de sentimentos. É como ver um trailer dos dois. Eles chegam a mim, vejo a sequência de seus dois grandes instantes e a seguir recebo doze momentos extras. São como uma sucessão que vai do horrível ao prazeroso. Como se fossem números complementares da loteria principal.

Esses, já não os vejo como trailers de dois minutos, mas como teasers de catorze segundos.

E, às vezes, nesses doze momentos está o segredo da pessoa que examino. Frequentemente, os extremos estão tão afastados que não me servem para compreender a pessoa. Os extremos não nos definem.

Lembro o primeiro dia em que colaborei com a polícia. Meu padeiro de Santa Ana me vendeu uma baguete. Eu estava com o dom ligado naquele dia e de repente vi com todos os detalhes como ele assassinava sua mulher e imediatamente após senti seu amor pelos cavalos. A equitação era sua paixão. Aquela veneração pelos animais encobria a morte dolorosa de um ser humano em suas mãos.

Fui à polícia. Ainda não compreendo por que aquele inspetor acreditou em mim. É exatamente o mesmo a quem agora chamo de chefe. Passaram-se anos, e ambos mudamos no aspecto físico, mas pouco no essencial.

Lembro quando lhe contei tudo que havia sentido sobre o padeiro. Ele tirou o fone do gancho e, sem hesitar, mandou uma patrulha, que encontrou o cadáver da esposa prestes a ser assado e transformado em alimento para éguas e cavalos.

Eu me senti tão inútil quando ele me contou, quando me mostrou as imagens do corpo esquartejado... Eu não havia conseguido salvar a vida daquela mulher. Ela estava morta, porque esse dom não me dava mais do que imagens consumadas.

Jamais me mostrava o futuro, nem assassinatos planejados, mas não realizados, nem sonhos obscuros e horrendos, mas que não haviam sido executados.

Nunca havia desejos, mas realidades. No caso da bailarina da minha mãe, eu vi ódio, mas jamais pensei que aquele ódio se transformasse em tentativa de assassinato.

Fui ao enterro da mulher do meu padeiro.

Eu me senti péssimo, achava que era cúmplice daquele assassinato por, de alguma maneira, ter sido testemunha daquele instante.

Embora com atraso, eu havia presenciado sua morte como um convidado de pedra. Era duro de suportar. Eu era como um vídeo, tinha a sequência gravada, mas não estava presente na transmissão ao vivo. Um observador macabro do diferido.

O chefe também estava no enterro. Ele me observou sem dizer nada. Na saída, me convidou para tomar um café gelado. E, naquele horrível bar de cemitério, foi direto ao ponto.

– Gostaria de trabalhar comigo?
– Com a polícia? – indaguei.
– Sim – ele respondeu. – Mas eu gostaria que você só tivesse contato comigo, para evitar...
– Deboches? – perguntei.
Ele escolheu bem a palavra. Gostei; é o que a minha mãe teria feito naquela situação.
– Mal-entendidos – ele precisou.
Eu disse que tinha que pensar.
Eu tinha o dom já fazia mais de seis anos e jamais havia pensado que pudesse servir para outra coisa a não ser descobrir como as pessoas são estranhas, uma vez que eu observava simultaneamente sua maldade e sua extrema bondade.
– Posso lhe pedir uma coisa? – ele disse, assim que me levantei sem ter bebido nem um gole do café gelado.
Soube o que ele ia me pedir. Quando falo para as pessoas sobre o meu dom, todas querem que eu o use nelas. Que eu lhes revele esses dois estados extremos que convivem dentro delas e seus doze sentimentos fronteiriços.
– Quer conhecer seus extremos? – perguntei-lhe sem rodeios, amenizando seu constrangimento.
Ele disse que sim, acabando seu café gelado com paixão. Instalei o dom em mim e olhei para ele.
– Você matou um preso. Não foi uma coisa premeditada nem proposital – eu disse, ao ver aquela sequência nítida em minha mente. – O senhor não foi o causador daquela desgraça, e sim um policial de barba que beirava os cinquenta anos, mas o senhor se sente culpado por esse assassinato. Nunca conseguiu esquecê-lo.
Seu rosto empalideceu; imagino que não deve ser agradável encontrar um desconhecido em um bar de cemitério que revele seu grande segredo.
– O senhor tem uma amante – continuei. – Uma garota portuguesa. Ela é sua grande alegria, o outro extremo. Às sextas-feiras à

tarde, vocês se veem na casa que ela tem perto de um rio. O senhor se sente muito jovem quando está com ela. Essas horas que passam juntos são sua felicidade extrema.

Ele não disse nada. Ademais, percebi que era sexta-feira e, com certeza, a roupa elegante e o cheiro de colônia não eram uma demonstração de respeito pela mulher do padeiro, e sim pela garota portuguesa que beirava os quarenta.

Ele não disse nada, e fui embora do bar.

Já na rua, hesitei em aceitar sua oferta. Enquanto via aquela centena de túmulos, decidi que aquilo não era para mim.

Levei mais dois anos para aceitar sua oferta. Mas, durante aquele tempo, tornamo-nos amigos. Conheci a garota portuguesa e visitei o túmulo do homem que assassinou aquele preso. Aquele policial de barba era seu pai. Ele nunca teve coragem de denunciar o que o pai fez, mas falar comigo sobre aquilo fazia com que se sentisse melhor.

Por que aceitei trabalhar com ele? Acho que foi para dar um sentido ao meu dom. Eu precisava disso. Todos desejamos que nossos atos tenham um sentido.

Diante daquela porta, prestes a girar a maçaneta e conhecer o estranho mais famoso do mundo, sentia que o dom ganhava seu verdadeiro sentido.

Se o estranho fosse quem a televisão dizia, a imagem que obteria dele serviria para saber qual era a sua história, a sua origem e até as suas intenções nesse planeta.

A bondade e a maldade são como os pontos cardeais de cada um. Como aquele jogo em que temos que ligar os pontos para obter uma imagem.

Os pontos estavam na minha mão.

Inspirei, pus o dom no máximo e abri a porta.

9
CHUVA VERMELHA SOBRE A INFÂNCIA

ESPERAVA ENCONTRAR UM SER VISCOSO AO ABRIR A PORTA. TALVEZ seja porque essa era a ideia que eu tinha dos estranhos de outros mundos.

Viscosidade, sim, essa era a característica que rondava minha cabeça. Não sei por quê, mas não podia afastar de mim essa imagem.

Abri a porta com medo. Ali estava ele, sentado no meio da sala de interrogatórios. Ele não me olhava; olhava para o chão, mas não era nada viscoso.

Devia ter catorze anos e era muito "humano", no sentido tradicional do termo. E nada viscoso.

Fisicamente, parecia-se muito com o Alain Delon no filme *O sol por testemunha*. Exalava vitalidade e era surpreendentemente bonito. Embora não tirasse a vista do chão, intuíam-se grandes olhos, e o cabelo parecia ser muito suave ao toque.

Não disse nada, nem levantou o olhar em momento algum.

Sentei-me diante dele. Separava-nos uma mesinha quadrada branca, cheia de rabiscos que os presos faziam quando os deixavam sozinhos. Li por cima frases como: "Sou inocente... Não devia estar aqui... Desrespeitaram meus direitos..."

Ele continuava com o olhar fixo no chão. Parecia um adolescente tímido.

A roupa que usava havia sido emprestada a ele pela instituição e se parecia com um pijama azul de hospital. A gola estava muito aberta e mostrava parte da pele, uma pele normal. Nada viscosa.

Cumprimentei-o: "Olá". Ele não me respondeu; acho que nem notara minha presença ou não se interessava em absoluto.

Realmente não parecia nada estranho, era apenas uma criança.

Procurei seu olhar para obter o que buscava, mas logo notei que o dom não funcionou. Não haviam me atendido: os aparelhos eletrônicos e de escuta estavam ligados.

Fiz um gesto com as mãos para o espelho que dominava a sala e fui apontando para todas as câmeras que interferiam em meu dom.

Esperei alguns segundos; o estranho cruzou as pernas. Sua indiferença começou a me deixar nervoso.

Pressenti que iam desligando cada um dos aparelhos e notei que meu dom ia aumentando em força e intensidade. O prazer estranho ia me possuindo. Era como sentir uma cor quente e agradável.

Quando desligaram a última escuta eletrônica, senti que estava sozinho. Embora nos observassem através do espelho, não podiam saber o que falávamos nem ver parte do nosso rosto com lentes de aumento.

O estranho e eu estávamos sozinhos. Eu me senti poderoso.

– Ontem sua mãe morreu, não é? – perguntou o estranho, sem sequer erguer o olhar.

Meu coração e meu esôfago deram um pulo. Eu não sabia como reagir.

Foi como se houvesse mísseis apontando em uma direção, e, quando os fôssemos lançar, chegasse uma bomba atômica direto no centro. Como ele podia saber?

Dei um tempo, não queria parecer nervoso. Tornei a buscar seu olhar, mas ele continuava cabisbaixo, como se me houvesse perguntado a hora ou o tempo que faria amanhã.

Decidi me acalmar e não me mostrar assustado.

– Você está com medo – ele continuou. – Sente que sua vida não tem sentido agora que sua mãe se foi. Sente saudades dela, vocês passaram muito tempo juntos, em muitos países diferentes. Você e ela, sempre você e ela. E isso deve doer muito... É o pior momento da sua vida, não é?

Justo nesse instante, ele ergueu o olhar. De repente, eu compreendi: aquele estranho tinha o meu dom. Pela primeira vez, compreendi o que sentiam as pessoas que eu radiografava sem medo.

Meu rosto deve ter expressado um medo total, porque a voz do meu chefe ecoou na sala.

– Você está bem, Marcos? Precisa de ajuda? – perguntou meu chefe, em tom ameaçador.

– Estou bem – e me acalmei novamente. – Fechem os sistemas de escuta de novo, por favor.

Eles tornaram a desligar todos os aparelhos eletrônicos. O estranho levou alguns segundos para voltar a falar.

– Ela era tão boa mãe como pressinto? – perguntou. – Oito de suas doze lembranças estão relacionadas a ela.

Não respondi. Tentei penetrar sua mente, conseguir um equilíbrio. Mas algo me impedia, e não eram as interferências.

Ele sorriu.

– Conheceu uma garota hoje? Sentiu um grande prazer, não foi? Deve ir atrás dela antes que saia do teatro. Você não imagina o quão importante ela será na sua vida. Sério, vá já para lá ver o caixeiro-viajante. Mas esse não é o momento máximo de prazer em sua vida, e sim...

– Pare! – gritei.

Nem eu mesmo sei por que me saiu aquele grito, por que eu não queria que ele continuasse. Mas havia algo naquela revista ilegal dos meus sentimentos que me revoltava, razão pela qual eu não queria de jeito nenhum que ele me contasse qual havia sido o grande prazer da minha vida.

Eu queria que meu momento de felicidade extrema fosse uma incógnita, visto que sempre havia hesitado entre dois ou três instantes da minha vida como os melhores e mais felizes. E tinha a intenção de continuar hesitando o resto da vida.

Era horrível que fizessem uma lista dos seus sentimentos e paixões. Eu nunca havia imaginado que fosse ruim.

Hesitei, e, por fim, perguntei-lhe:

– Quem é você?

Ele me olhou, pegou o copo-d'água que havia perto dele na mesa e a tomou devagar.

– Você não deveria responder a isso?

– Sim, mas...

– Está bloqueado, não é? – e sorriu pela segunda vez.

Não gostei daquele segundo sorriso. Decidi levar o dom ao máximo. Concentrei-me como nunca, mas não obtive nada; era como se ele me impedisse.

– Você é de fora? – perguntei inocentemente.

Ele riu. Seu riso era divertido e saudável, algo inimaginável em um estranho de outro planeta.

– Seus superiores não lhe contaram nada?

– Não.

– Quer que eu lhe conte? – ele perguntou.

– Se não se importa...

Ele se aproximou de mim, tanto quanto pôde. Vi que estava com umas algemas que prendiam suas mãos embaixo da mesa. Ele se aproximou um pouco mais e sussurrou:

– Sei que sua mãe gostava desse tipo de comunicação – e continuou sussurrando, mas seu tom mudou e se voltou para a dor. – Ajude-me, tenho que sair daqui imediatamente.

Minha pele se eriçou com aquelas palavras. Quem era aquele estranho que sabia e que parecia precisar tanto de mim? Comecei a transpirar.

– Não posso, sinto muito – respondi sem pensar.

– Não quer ou não deve? – ele replicou.

Engoli em seco, algo nele me dava medo.

– Você não vai me contar quem é? – insisti.

– Antes, tire-me daqui. – Pela primeira vez, ele pareceu angustiado.

– Não vão lhe fazer nada – eu disse. – Conte-me, quem é você?
– Já me fizeram tudo.

De repente, ele se calou. Lentamente, notei que me chegava uma imagem, que ele permitia que me chegasse. Ele havia decidido se mostrar com imagens em vez de palavras.

Eu não sabia que lembrança era, visto que ela não chegava de maneira convencional. Podia ser um extremo ou um dos doze.

E chegou...

Era uma imagem feliz.

Um menino sorridente jogando futebol com seu pai. O menino tinha uma grande semelhança com o estranho. Era ele quando pequeno. Estava imensamente feliz, até que, de repente, começou a chover, e pai e filho foram, rindo, refugiar-se debaixo de uma árvore.

Era uma imagem como centenas de outras que já vira em gente que havia examinado. A felicidade entre pai e filho; algo que eu jamais havia vivido, mas que sempre fazia parte dos doze sentimentos fundamentais que as pessoas guardavam.

Mas, repentinamente, senti algo estranho nas imagens. A chuva que caía era diferente. Era vermelha.

Chuva vermelha. Mas nem pai nem filho se incomodavam. Continuavam olhando para aquele céu noturno. Observei que não havia Lua nele, mas um planeta pentagonal.

A chuva não parava; a cor vermelha era cada vez mais intensa. Sim, era uma lembrança de felicidade, mas não era aquele sentimento que o estranho queria me mostrar, e sim o entorno onde o fato havia ocorrido. E posso jurar a vocês que aquele lugar não era a Terra.

Não sei onde estava, mas era o lugar mais estranho que eu já tinha visto.

A imagem acabou, e o estranho me olhou.

– Vai me ajudar agora? – sussurrou.

10
SEM CONHECÊ-LO, NÃO PODEREI DESVENDÁ-LO

SAÍ DA SALA. PRECISAVA FUGIR DELE, DO QUE ELE HAVIA ME MOSTRADO. Fora, atrás da porta, me senti melhor. Mas ainda continuava muito alterado.

Meu chefe chegou em poucos segundos, acompanhado do Dani. Vi em seu rosto a ansiedade por saber das novidades. Observar-me sem poder me escutar havia aumentado sua inquietação.

Não o deixei falar e me antecipei.

– Não sei nada sobre ele – disse. – Meu dom não funciona em sua presença. Preciso que me contem agora mesmo tudo o que sabem sobre ele. Sem conhecê-lo, não poderei entrar nele.

Nunca pensei que teria de pronunciar aquelas frases. Eu, que sempre soube como eram as pessoas sem ter que trocar duas frases com elas.

De repente, suas palavras voltaram a mim: você deve conhecer a garota do teatro. Por que era tão importante que eu falasse com ela? Como ele podia saber da existência dela? Tinha lido isso em mim? Sua lembrança me havia penetrado tanto a ponto de que ele pudesse cheirá-la e com isso compor uma das doze lembranças básicas da minha vida?

– Acompanhe-me até o escritório – disse o chefe, visivelmente contrariado.

Enquanto percorríamos o longo corredor, ele falou com dois superiores pelo celular. Contou-lhes que eu não havia atingido meu objetivo.

Aproveitei a ligação para me aproximar do Dani. Queria lhe dizer uma coisa sem que o chefe me escutasse.

– Descubra a que horas acaba a peça que está em cartaz no Espanhol. É *A morte do caixeiro-viajante*.

– Quanto dura a peça que está em cartaz no Espanhol? – ele perguntou, surpreso, tentando ligar esse dado com o que supunha que podia ter a ver com o estranho.

– Sim, preciso estar lá no momento da saída do público. Certifique-se de que a informação é correta. Vão lhe dizer aproximadamente duas horas, mas preciso da hora exata. Vá.

Dani não hesitou e partiu rapidamente. Fui atrás do chefe, que continuava aguentando a lavada. Estava de mau humor. Imagino que não conseguia entender por que sua arma secreta havia falhado pela primeira vez.

Entramos no escritório, e ele trancou a porta depois que eu entrei. Em seguida, abriu o cofre e tirou um monte de relatórios.

– Nós o encontramos nesta serra – e me mostrou uma foto em que havia um grande buraco produzido por um calor extremo. – Não havia nenhuma nave nem nenhum tipo de veículo perto, se é isso que está se perguntando. Segundo confirmaram os satélites – e me mostrou mais fotos –, toda a área se queimou em menos de um minuto. Como você pode ver, na foto do satélite das 19h04, a vegetação é abundante na serra, mas, um minuto depois, só há devastação, e a única presença no meio dessa área queimada é o rapaz.

Peguei todas as imagens que ele havia me mostrado e as olhei de perto. Era incrível. Essa rapidez só podia estar relacionada com uma energia gerada por uma tecnologia desconhecida.

– E ele, o que argumentou quando lhe mostrou isto? – indaguei.

– Ele não fala. Não desmente nem confirma nada. Apenas pede que o soltemos, porque tem coisas para fazer.

– E o que tem que fazer?
– Não sabemos. Ele não quer nos dizer.
Pegou mais relatórios e os entregou a mim.
– Estes são os exames médicos que fizeram nele – disse o chefe. – Todos os resultados, como você pode observar, estão dentro dos limites, são absolutamente normais. Os psicológicos são parecidos: exatamente na média, não são sequer superiores aos de outro ser humano da mesma idade.
– Então, por que o mantêm preso? Vocês só têm o buraco da serra? – perguntei.
– Por causa do exame ósseo – e me entregou o papel.
Observei-o por cima e fui logo às conclusões. Li-as para mim e a seguir em voz alta para me certificar de que o que eu lia estava certo.
– "O estranho possui uma constituição de ossos diferente da nossa, como se a atmosfera que o houvesse envolvido durante anos fosse diferente à da Terra. Só se viu algo semelhante nos astronautas que passaram muito tempo em estações espaciais" – li.
O chefe não disse nada, como se já houvesse lido aquilo centenas de vezes. Vi que havia umas fotos viradas ao contrário que ele não me mostrava, e fui virá-las.
– Não olhe – ele disse.
– Por quê?
– São de outros interrogatórios, diferentes do seu.
Hesitei, mas as peguei.
Virei-as. O que aquelas fotos mostravam era horrível. As cachorradas que haviam feito com aquele adolescente eram absolutamente abomináveis. Havia humilhações de todo tipo.
– Isto é... – mas nem me saíam os adjetivos. – E ele não falou depois de tudo isso?
– Nada.
Tornei a deixá-las em cima da mesa; era difícil manter o olhar nelas. Ficaram viradas para cima, e o chefe as desvirou.
– Que vão fazer agora? – perguntei.

– É complicado – respondeu o chefe, enquanto tornava a guardar todos os documentos no cofre sem se importar em absoluto com a ordem em que os colocava.
– Mas a imprensa vai querer vê-lo.
– Eu sei.
Ele se sentou na cadeira e se serviu de uísque. Intuí que havia algo que ele não me contara.
– O que é? – indaguei
– Eles querem esquartejá-lo. Querem fazer uma autópsia.
– Sério? Mas se eles não têm certeza de que...
– Por isso querem fazer isso. Muitos acreditam que o estranho é isso mesmo; atêm-se ao exame dos ossos, o que para eles é uma evidência. Outros, como eu, pensamos que talvez seja má-formação óssea.
– E por isso me chamaram? – perguntei. – Se eu tivesse visto que ele não é daqui, então...
– Então o abririam sem compaixão.
Fiquei indignado.
– Vocês me chamaram para...
O chefe me interrompeu, irritado.
– Eu não o chamei. Meus superiores pediram que eu o chamasse. Sabem de seus resultados e precisavam de mais uma prova para...
Eu o interrompi.
– Matá-lo – completei.
Ele afirmou com a cabeça. Sei que não gostava do que me contava; ele sempre foi um homem direito.
– Dizem que, vivo, ele não nos dirá mais nada, mas morto pode nos contar muita coisa – acrescentou. – Só têm medo da imprensa, por isso o estranho ainda não está morto e picotado.
De repente, veio-me uma imagem, um flash de alguma lembrança nova de uma pessoa. Ainda estava com o dom ligado. Foi quando vi que era outra lembrança do meu chefe.
Eu o vi em uma cabine, ligando para alguém e lhe contando sobre o estranho. Era um ato corajoso, cheio de felicidade, com certeza subs-

tituía um dos doze que eu já havia visto dele. A ordem ia se modificando conforme as pessoas faziam coisas corajosas ou dramáticas. Esse era um ato importante em sua vida.

– Que foi? – ele perguntou com estranheza.

– Foi você que avisou a imprensa – afirmei.

Ele me olhou envergonhado e tornou a assentir com a cabeça.

– Mas não vai adiantar nada – acrescentou. – Vão fazer de qualquer jeito, vão matá-lo. Já decidiram. Depois vão inventar uma história sobre esse rapaz e vão negar e desmentir qualquer notícia sobre ele.

E tornou a beber outro gole.

– Acha que ele é? – perguntei.

– Que é o quê? – ele replicou.

– Um estranho.

– É uma criança – ele respondeu. – Não sei se é uma criança nascida aqui ou fora, mas ninguém merece um tratamento como o que lhe dispensaram, venha de onde for.

Bateram à porta. O chefe se levantou, escondeu o uísque e abriu a porta.

Era o Dani. Ele se sentou ao meu lado e me passou um papel onde se lia: "A peça acaba em quarenta minutos, cinco minutos a mais ou a menos, dependendo da duração dos aplausos".

Ele era muito criterioso com o trabalho. Dobrei novamente o papel e olhei para o chefe.

– Quando farão isso?

Dani me olhou com estranheza; primeiro para mim, depois para o chefe. Era como se ele estivesse acompanhando uma longa partida de tênis sem nem sequer saber o valor do ponto que estava observando.

– Muito em breve – respondeu o chefe.

– E se eu lhes disser que o que eu vi é normal, que não é um estranho? – perguntei.

– Acho que dá na mesma, Marcos. Eles só queriam escutar a outra resposta. Não se angustie.

O chefe tornou a se sentar na cadeira. Abriu a gaveta, pegou novamente o uísque e bebeu.

Senti raiva. Voltou a mim aquela imagem do menino com seu pai se refugiando de uma chuva vermelha. Sei que o estranho poderia ter manipulado ou fabricado essa lembrança, mas, fosse quem fosse, queria conhecê-lo melhor.

– Vamos tirá-lo daqui – sentenciei.

O chefe não negou com a cabeça nem tentou rebater minha ideia. Sorriu, como se estivesse esperando que eu dissesse isso.

11

MELHOR
ACEITAR
O AMOR
INDESEJADO
QUE O PERDER
E O DESEJAR

EU SABIA QUE NÃO SERIA FÁCIL O QUE HAVIA ACABADO DE PROPOR. Visto que aquele era um complexo muito seguro; mas havia algo naquele estranho... Não sei se era o olhar daquele rapaz se refugiando sob a chuva vermelha, ou aqueles planetas pentagonais, ou o jeito como ele me disse que era importante que eu conhecesse a garota do Teatro Espanhol.

O chefe começou a tirar mapas do cofre e a explicar diversas possibilidades. Dani escutava atentamente enquanto eu pensava na garota do teatro.

Eu já sabia que minha opinião em um plano de fuga não seria importante: sempre conheci minhas limitações. Acho que essa é minha grande conquista: saber onde não posso chegar, seja por falta de inteligência ou de interesse.

Por que o estranho dizia que a garota do Espanhol era tão importante em minha vida? Estava pensando nisso enquanto estratégias eram decididas. Por que eu havia sentido algo tão intenso por ela? Quem dera o medo não tivesse me dominado e eu tivesse me atrevido a perguntar mais coisas ao estranho.

É que aquele estranho tinha algo de fascinante. Recordava-me, curiosamente, a fascinação que as coreografias da minha mãe despertavam nos espectadores ou naqueles que simplesmente se encontravam diante da sua presença.

Dani se manteve totalmente em silêncio, até que compreendeu o plano em sua totalidade e nossas intenções.

– Mas para onde vamos levá-lo? – perguntou. – Quer dizer, se conseguirmos tirá-lo daqui, para onde o levaremos? Não vão parar até encontrá-lo.

– Não vamos escondê-lo – sentenciou o chefe. – Só vamos soltá-lo.

– Mas e se... – tentou supor Dani, sentindo dificuldade de dizer as palavras. – E se ele for um estranho, não deveríamos vigiá-lo?

Não sabia se comentava com eles o que eu havia visto. Se falava da chuva vermelha, do planeta pentagonal, se dissipava suas dúvidas sobre a origem dele, mas temi que aquilo os fizesse mudar de opinião.

– Ajude-nos, Dani – eu disse. – Confie em mim.

Dani nunca falhou comigo; assim que o conheci, soube que me ajudaria.

Dani estava apaixonado por mim. Percebi isso desde que nos vimos pela primeira vez. Minha mãe me ensinou desde pequeno a aceitar que os sentimentos que as outras pessoas sentiam por nós, mesmo que não os correspondêssemos, eram importantes.

– Você precisa compreender que esse amor não desejado, esse desejo não correspondido, é um grande presente que lhe dão – disse ela em uma longa viagem de trem entre Barcelona e Paris. – Não o despreze só porque ele não lhe é útil.

Eu era muito jovem e não a compreendi. Nunca a compreendia. Ela, porém, havia vivido aqueles amores de que falava. Muita gente fora apaixonada por ela. Sua dança, seu jeito de dançar, suas coreografias despertavam todo tipo de paixões, nas quais amor e sexo se misturavam.

Desde pequeno, eu a via tratar com afeto aqueles apaixonados, mesmo que ela não sentisse nada por eles. Parecia que o simples fato de que aquele sentimento por ela fosse real a alimentava e a fazia se sentir mais completa.

Havia homens e mulheres apaixonados por ela. E isso jamais lhe importou.

– Não pense em tendências sexuais – pontuou um dia. – As tendências só refletem o medo da diferença e do que não compreendemos. Você deve apenas aceitar que estão projetando um sentimento em você.

Acho que ela jamais se deitou com uma mulher, mas não posso ter certeza, visto que ela compreendia esses sentimentos que vertiam sobre ela, e eles a preenchiam profundamente; pouco lhe importando de quem viessem.

Ela também me ensinou a notar, distinguir e compreender quem se apaixonava por mim ou me desejava em segredo. O amor está soldado ao sexo, ou o sexo ao amor, dizia. Era preciso buscar o ponto de solda.

– Marcos, você deve encontrar pistas dos dois sentimentos nas pessoas que o cercam. Antecipar-se a esse desejo, a essa paixão, antes que elas lhe confessem esse sentimento. Os desejos ocultos são o motor da vida – ela dizia.

O dom nunca me serviu para descobrir desejos ocultos. Sempre me mostrava situações reais, sentimentos que haviam sido plasmados, não em nível platônico.

Assim, minha mãe me ensinou a distinguir esses sentimentos. No dia em que vi Dani, notei que o amor e o desejo sexual que ele sentia por mim eram muito intensos.

Eu nunca soube como surgem esses sentimentos intensos e tão difíceis de dominar.

– Quando o amor e o sexo se misturam na irrealidade – dizia minha mãe – , o prazer que a pessoa sente pode se transformar em dor. Possuir esse amor que não significa nada para você é diferente de perdê-lo. Isso porque, embora você perca algo que não compreendia, você nunca mais o terá de novo, e isso é terrível.

Tenho certeza de que minha mãe jamais perdeu nenhuma das pessoas que a amavam de forma platônica. Porque, à sua maneira, ela também as amava. Acho que isso era o que a fazia tão poderosa.

– Está bem, vou ajudar – disse Dani, em resposta ao meu pedido.

O chefe respirou aliviado. Acho que, sem a ajuda de Dani, tudo lhe parecia mais difícil. Eu sabia que ele não me ajudava apenas por seus sentimentos por mim, mas, principalmente, porque confiava em mim, em meu instinto.

– Preciso ir até o Teatro Espanhol. Liguem-me para dizer onde vamos nos encontrar quando o tirarem daqui – afirmei.

Tanto o chefe quanto o Dani estavam confusos.

– Você vai ao teatro agora? – o chefe perguntou, surpreso.

– Preciso buscar alguém – expliquei.

– Mas...

O chefe estava realmente alucinado.

– Preciso fazer isso, é importante. Além de tudo, não entendo nada de fugas nem de como tirá-lo daqui. Vocês são melhores nisso, e sei que vão conseguir.

Isso é algo que minha mãe também me ensinou: confiar nas pessoas que não têm as suas carências. Essa é a base do verdadeiro talento. Mas ela, como era tão boa em tudo que se relacionava com a dança, jamais deve tê-lo posto em prática.

Levantei-me. Eles não estavam convencidos, mas eu sabia que o chefe conseguiria tirá-lo dali, mesmo sabendo que aquilo seria o fim de sua carreira profissional. Dani, porém, arriscava pouco, e, além do mais, não estava totalmente convencido. Sabia que sua consciência podia lhe dar uma rasteira. As consciências são muito perigosas.

– Vá ver o chefe da segurança do terceiro andar – ordenou-me o chefe.

– Por quê? – perguntei.

– Preciso ter algo contra ele, para convencê-lo, caso as coisas se compliquem. Estude-o com seu dom e me ligue se encontrar alguma coisa.

Aquilo não me agradava; o chefe jamais havia me pedido algo tão pouco ético. Utilizar o dom para chantagear era algo que não combinava nem com ele nem com minha consciência.

Eu sabia que não devia fazer aquilo, mas ele também não devia ter avisado a imprensa, nem o Dani devia ter aceitado nos ajudar. Estávamos todos burlando normas morais porque sabíamos que situações desesperadoras requerem atos desesperados.

– Farei isso – respondi, enquanto saía da sala.

12
É UM ESTRANHO PORQUE SUPORTA DORES INIMAGINÁVEIS

EU NUNCA ESTIVE NO TERCEIRO ANDAR, VISTO QUE MEU CRACHÁ NÃO me permitia acesso àquela área. Além de tudo, também não me apetecia saber o que acontecia ali.

De alguma maneira, eu desejava que o chefe de segurança daquele andar não tivesse nenhum podre na vida, ou, se o encontrasse, que ao menos o chefe achasse um jeito de libertar o rapaz sem utilizar a informação que eu obtivesse.

O respeito que eu tinha por meu dom era extremo.

O elevador chegou ao terceiro andar. O chefe de segurança estava fumando no fim do corredor. Quase não o conhecia; era um rapaz jovem, beirava os trinta, e seus pais eram brasileiros, mas não sei por que ele se considerava francês. Acho que certa vez o ouvi comentar que seus avós paternos eram franceses.

Aproximei-me olhando a hora enquanto caminhava na sua direção. Não podia perder muito tempo se quisesse chegar a Santa Ana antes que o caixeiro-viajante morresse naquele acidente de carro.

O chefe da segurança me olhou. Ainda me faltavam trinta passos para chegar até ele. Não disse nada, não começou uma conversa de longe nem me cumprimentou. Apenas esperou, como se não me visse. Isso indicava o tipo de pessoa que era. Baixou o olhar três vezes, olhou pela janela e fumou.

Cheguei perto dele.

– Olá, não sei se você se lembra de mim, sou...

– Eu sei quem você é. O do dom – acrescentou, sorrindo cinicamente.

Não gostei nada daquele sorriso. Devolvi-o com uma resposta seca.

– Exato. Isso mesmo.

– Pois não lhe serviu muito hoje com o estranho – disse. – Eu diria até que você se acovardou.

Seu olhar me desafiava. Não gostava de mim em absoluto. Nao confiava em mim, isso era evidente.

– Sua mãe é essa famosa bailarina, não é? – acrescentou, enquanto o sorriso tornava a aparecer em seu rosto.

Soube que havia me investigado e que aquela pergunta era apenas para que eu soubesse que ele tinha poder. Seu caráter e sua grosseria tornavam mais fácil que eu conseguisse o que havia ido buscar, mas isso não o tornaria mais ético.

– Sim, essa era minha mãe – respondi. – Morreu ontem.

Ele engoliu em seco. Sua investigação sobre mim não estava atualizada. Acho que disse "sinto muito", mas, se o pronunciou, foi quase imperceptível. Acho que ele nunca falou essas duas palavras em voz alta.

Minha mãe sempre me ensinou que não se pode confiar nos que não dizem "sinto muito" ou "desculpe". Ela acreditava que essas expressões deviam ser utilizadas em muitas ocasiões na vida e pronunciadas sem nenhum tipo de medo ou vergonha.

Tocou o telefone do chefe da segurança, e ele olhou a procedência da chamada.

– Esses malditos jornalistas vão foder tudo – disse.

– Foder o quê? – perguntei.

Ele me olhou enfurecido.

– Não se iluda só porque esse estranho é um adolescente e parece amigável – disse ele. – Eu o interroguei, e, embora não tenha nenhum dom, digo que esse sujeito não é quem diz ser.

– E como você sabe? – indaguei.

– Pela dor. Ninguém é capaz de aguentar tanta dor.

Pegou outro cigarro e o acendeu com o anterior, que quase já não existia. De repente, recordei ter visto marcas de cigarros nas fotos viradas dos interrogatórios do estranho. Soube que todas aquelas humilhações que eu havia observado eram obra do homem que estava à minha frente, de sua arte para obter informação.

Eu ainda não havia ligado o dom, mas o que via me nauseava.

– E o que importa se ele vem de outro planeta? – perguntei, enfurecido e farto. – Ele não tem direito de não querer explicar de onde vem?

Ele me olhou com estranheza. Acho que não gostou das minhas palavras. Vi que gostaria de me interrogar, estava ansioso para saber o que eu realmente sabia e sobre o que eu falava com o estranho quando as câmeras e os microfones foram desligados. Mas só deu duas tragadas no cigarro e disse:

– Não, não tem.

Jamais pensei que a vida real pudesse se parecer tanto com um filme. Chega um estranho, e só o que desejamos é que ele confesse sua identidade e quais são suas intenções.

Mas ele não era tão estranho assim. Se tratamos com crueldade um imigrante ilegal que entra no país, o que não faríamos com um ilegal de outro planeta?

– Queria alguma coisa? – perguntou com vontade de finalizar a conversa.

– Não. Estava procurando o chefe, mas vejo que ele não está aqui – menti.

– Não, não está. Que merda de dom que você tem.

Antes de ir embora, ativei o dom. Olhei-o nos olhos pela primeira vez e notei que ele me transferia involuntariamente todos os seus sentimentos vitais.

O ruim era horrível. Sua vida estava cheia de maldade. Sua lembrança mais terrível era o assassinato a sangue frio de um preso, que estava numa cela em um porão úmido. Contudo, não dava para ver o rosto da vítima, tampouco quando e onde o fato acontecera. O ambiente era degradante, havia muita dor e muitos gritos. Mas eu não tinha certeza de que aquele era um delito que o chefe poderia usar contra ele. Talvez fosse até legal.

No outro extremo, vi que sua grande paixão era o tiro. Mas era diferente da felicidade que meu chefe emanava com seu arco. O sujeito da segurança adorava atirar em animais, principalmente quando estavam de costas. Causava-lhe uma grande felicidade. Curioso conceito de ser feliz.

Na escala positiva, vi dois relacionamentos com duas mulheres que há muitos anos o fizeram vibrar. Ele as amara com loucura até que ambas o abandonaram em dois momentos diferentes da vida.

De repente, em quinto lugar, encontrei a lembrança que o chefe necessitava. Algo que ele não gostaria que as pessoas soubessem dele. E essa lembrança, como sempre, não estava nem no pior nem no melhor. Os extremos não servem, o fundamental é sempre algo do monte, situado em quinto ou sexto lugar.

Fui embora. Para ele, haviam se passado apenas alguns segundos antes de eu me voltar e deixá-lo com seus cigarros. Mas, na realidade, naqueles segundos, toda sua vida havia se passado diante de mim.

Entrei no elevador. Desci até a garagem e olhei a hora. Era tarde demais para que um táxi fosse me buscar, então pedi a meu amigo peruano que me levasse ao Teatro Espanhol. Ele aceitou de bom grado.

Os Cranberries soaram assim que entrei no carro. Seus dentes brilharam, e notei que haviam acontecido muitas coisas naquele edifício e que a pessoa que voltava era diferente da que havia chegado.

É incrível como a vida dá tantas guinadas quando não esperamos. Minha mãe dizia que só de ver um espetáculo, a vida de uma pessoa mudava de maneira radical.

– É um extraterrestre? – perguntou o peruano quando abandonamos o complexo.

– Sim – respondi.

Era a primeira vez que admitia esse fato, e a verdade era que tinha certeza. Além de tudo, percebi que, naquele momento, pela primeira vez, estava seguindo o conselho de alguém de outro planeta. Não sabia se ele tinha razão quanto à garota, mas sabia que tinha de descobrir.

Minha mãe sempre me dizia que no amor e no sexo qualquer conselho pode ser válido, mas dizia isso com outras palavras.

– O amor e o sexo são tão estranhos que, com certeza, os estranhos sabem o segredo do que se deve fazer.

13
SONHAR SEM TELAS, PINTAR SEM CORES

NA VOLTA PARA SANTA ANA, FIQUEI MAIS INQUIETO QUE NA IDA. NÃO parava de olhar o relógio; sabia que não podia chegar atrasado.

Expliquei por cima ao peruano o que tinha que fazer em Santa Ana, a que horas devia chegar e o incitei a pisar no acelerador. Mas ele não quis, argumentando que respeitar os limites de velocidade é o mínimo que se pode fazer para evitar acidentes graves. Eu sempre havia andado com ele só dentro do complexo, e a trinta por hora

Fiquei surpreso com seu civismo e respeitei.

Pedi a ele que ligasse o rádio. Queria saber como a notícia havia evoluído.

Abri a janela. Era uma noite muito quente, e recordei aquele filmaço, *Corpos ardentes*, de Lawrence Kasdan, que se passa durante um verão tão asfixiante que até um policial diz: "Fazia tanto calor que as pessoas pensavam que as leis não existiam, que estavam derretidas e podiam ser descumpridas".

Meu motorista tirou os Cranberries, e as notícias inundaram tudo. Logo vi que o panorama havia mudado radicalmente.

Desmentidos oficiais, exageros, falsidades. Tudo estava desinflando. A cara do peruano era impressionante. Eles estavam fazendo bem o seu trabalho.

A notícia estava morrendo, ficando sem oxigênio. Minha mãe viveu na vida muitas mentiras sobre amantes, sobre seu caráter profissional tirânico (embora isso não fosse falso) e sobre sua morte.

Acho que a mataram quatro vezes durante a vida. Ela sempre me dizia que aquilo a rejuvenescia, que lhe servia para fazer um balanço de sua trajetória.

Costumava comentar que era como uma autópsia em vida. Ela acreditava muito nesse tipo de autópsia.

Com dezesseis anos, ela me falou das autópsias sexuais.

Contou-me que seria bom se, a cada cinco anos, nos fizessem uma dessas autópsias.

Que ficássemos bem quietos e que alguém nos dissesse que parte do nosso corpo não havia sido acariciada; quantos beijos havíamos recebido; se havia sido mais querida uma face, ou uma sobrancelha, ou uma orelha, ou os lábios.

Uma autópsia verdadeira do nosso sexo, mas enquanto vivos, embora imóveis.

Ela imaginava isso e gostava de pensar que alguém, apenas olhando nossos dedos, poderia saber se haviam tocado com paixão ou simplesmente por rotina. Se nossos olhos haviam sido olhados com desejo ou nossa língua havia conhecido muitos congêneres.

Além de tudo, poderíamos saber quais foram nossos melhores atos sexuais, assim como em um tronco cortado vemos quando ele suportou grandes chuvas ou secas. Talvez aos dezessete, aos trinta ou aos quarenta e sete. Talvez sempre na primavera ou quase sempre perto do mar.

Quantas mordidinhas, quantos sussurros, quantos chupões sentimos? Um cômputo de números sobre nosso sexo, nossa luxúria, nosso prazer solitário.

E, segundo ela, o melhor era que, quando acabasse essa autópsia, saberíamos que estávamos vivos, que podíamos melhorar e conseguir que nos acariciassem, que desejássemos, que amássemos e nos amassem.

Eu nunca fiz uma autópsia desse tipo. Tive medo do resultado.

É preciso ter muita coragem para escutar isso dos lábios de outra pessoa, e nem sei se existe alguém com essa capacidade.

Mas minha mãe era assim. Voltei a pensar no quadro sobre o sexo; ainda o devia a ela; a ela e à minha trilogia incompleta.

Quando pintava com frequência, sempre ia a uma lojinha na Valverde com a Gran Vía. Era gerenciada por um velho canadense que beirava os noventa anos e me fazia preços especiais.

Fazia já dois anos que eu não pintava. Pensei em passar por lá. Meu tempo estava apertado, mas talvez depois não pudesse. Se o meu chefe e o Dani conseguissem tirar o estranho de lá, tudo ficaria complicado.

– Você pode passar antes na Valverde com a Gran Vía? – perguntei ao peruano. – É rapidinho.

O peruano aceitou de bom grado; quase nem notei a mudança de destino em sua condução.

Pensei na garota do Espanhol, no que lhe diria, em como abordaria aquele estranho encontro sem que ela pensasse que eu era um louco ou que queria sexo.

O telefone me devolveu à realidade. Era o chefe.

– O que você tem sobre ele? – perguntou sem rodeios.

Eu esperava que não fosse necessário. Não gostava nem de pronunciar. Pedi ao motorista que fechasse a janela opaca separadora, embora soubesse que ele podia escutar o que eu dizia do mesmo jeito.

– Precisa realmente saber? – perguntei já na intimidade.

– O plano original falhou e vão transferi-lo para outro complexo. Preciso de algo para que o guarda de segurança principal nos ajude. Você tem alguma coisa?

Eu tinha, mas não me agradava dizer-lhe. Levei vários segundos para responder.

– Marcos, vamos perdê-lo – insistiu o chefe. – Se você não me disser o que tem, vão matá-lo. A imprensa não vai sossegar até encontrá-lo, de modo que o destruirão antes que isso aconteça.

Eu não queria, mas não havia outra solução.

– Ele tem fotos de meninas pequenas nuas, entre dois e cinco anos – afirmei. – Ele as olha com bastante frequência e as esconde em uma pasta que chama de "anexos 2", que fica dentro de outra pasta na mesa dele que se chama "anexos".

Eu não me sentia nada bem. O chefe também não disse nada, apenas absorveu a informação em silêncio.

Desligou bem quando o carro parou na Valverde com a Gran Vía.

Desci e vi que a placa da loja, tal como eu a recordava, já não existia. No lugar da agradável lojinha de molduras havia agora uma de sonhos. Eu ouvira dizer que era um negócio em alta.

As pessoas que haviam parado de dormir sentiam falta dos sonhos. Um amigo da praça com quem eu jogava pôquer às quintas-feiras me contou que os havia experimentado várias vezes. Dizia que se podia pedir o assunto que se desejasse; então, eles contavam um sonho mediante uma técnica hipnótica, com o que se obtinha algo parecido com sonhar.

Que curioso o fato de as pessoas acabarem sentindo falta de sonhar. Sempre acabamos apreciando o que perdemos.

Entrei, talvez porque quisesse ver como haviam transformado aquele local por dentro.

Ao cruzar a porta, ouvi o leve som de um sininho. Era o mesmo de antes. Fiquei feliz por isso ter sido mantido. Um som conhecido me dava as boas-vindas.

Em poucos segundos, apareceu o velho canadense. Surpreendeu-me o fato de que me reconhecesse.

– Ora, quanto tempo – disse. – Perdeu a inspiração ou nós o perdemos?

A seguir, deu-me um abraço. Adorei que não me desse a mão e que se excedesse com um desconhecido; se bem que, em outros tempos, chegou a ser muito próximo.

– Não vendemos mais telas – disse após o abraço. – Agora...

– Sonhos sem telas – repliquei.

Ele riu estrepitosamente. Seu riso continuava intacto. Certas coisas, o passar dos anos não nos arrebata.

– Quer voltar a pintar? – ele me perguntou.

– Sim – reconheci, surpreendendo-me com minha resposta. – Ressurgiu uma velha ideia em minha mente e preciso de material.
– É importante ter o material quando as ideias chegam. Você dorme?
Sorri. Mostrei-lhe as injeções. Demorei a encontrá-las.
– Estou prestes a parar – pontuei.
Ele me convidou para sentar.
Não olhei a hora, já que sabia que não tinha tempo, mas jamais teria podido rejeitar a gentileza. Ele me serviu um pouco de vinho em um copo que havia sobre a mesa, como se me esperasse. Notei que a cadeira era reclinável e imaginei que ali se sentavam os clientes para um breve descanso.
Lembro que muita gente pensou que todos os que deixassem de dormir venderiam sua cama. Não aconteceu. A cama ainda tinha muitas funções na vida dessa gente: amar, fazer sexo, descansar de olhos abertos, deitar-se, viver... Venderam-se mais camas do que nunca.
– Não pare – ele disse. – Vi o mal que isso pode fazer às pessoas. Elas sentem tanta falta de sonhar... Sentem tanta falta de que algo quebre seu dia... Você não sabe como é frustrante depois de um dia horrível, cheio de coisas horríveis, saber que ele nunca vai acabar, nem o seguinte, nem o outro. Não há diferença entre noite e dia. O temperamento fica difícil, você acaba se transformando e precisando desligar, mesmo que só por algumas horas. Os que vêm aqui não buscam sonhos, buscam apenas desaparecer por alguns instantes desses dias e meses eternos. Não faça isso...
Ouvi a buzina do carro. O peruano sabia que eu tinha que chegar a tempo em Santa Ana. Mas eu estava perplexo com o que ouvira.
– E o sonho... – pensei cuidadosamente em como construir a pergunta. – Consegue fazer com que sonhem? Com que desliguem?
Ele pegou minhas mãos com sua mão esquerda. Senti a textura de sua palma; fazia anos que eu o conhecia, mas nunca o tocara de forma tão pessoal. Com a mão direita, ele fechou meus olhos.
– Hoje você sonhou... com cervos e águias. Estou enganado?
Meu coração deu um pulo e meu esôfago virou do avesso. Foi tão certeiro que eu não podia acreditar.

– Como? – perguntei, surpreso.

Ele não respondeu, assim como eu não responderia se alguém me fizesse a mesma pergunta sobre meu dom. Ele se levantou, foi a uma prateleira, desceu algumas telas embrulhadas e as entregou a mim.

– Achei que não as tinha mais – eu disse.

– Sempre fica algo do negócio anterior no novo – ele sorriu. – Além do dono.

– E meus quadros, você ainda os tem? – perguntei.

Ele negou com a cabeça. Doeu saber. Ele havia ficado com meus dois primeiros quadros da trilogia: o da infância e o da morte. Quando os mostrei a ele, ele se apaixonou, então lhes dei de presente, porque pensei que jamais se desfaria deles, e eu gostava muito de como ele os olhava. Precisamos de pais adotivos perfeitos que amem nossos quadros para podermos nos desprender deles.

– Eu os dei à sua mãe – ele disse. – Ela os desejava tanto que não pude negar.

Eu não podia acreditar. Ela jamais me disse isso. Eu sabia que ela gostava da minha pintura, mas achava que não a queria possuir. Ela me dava conselhos, era carinhosa ao apreciar meus quadros e os olhava com interesse, mas eu achava que ela não os queria ver dia após dia. Além de tudo, jamais teve uma residência fixa onde colocá-los.

Peguei a carteira, mas ele pôs a mão sobre ela e me impediu de abri-la. Novamente senti sua pele.

– É um presente, Marcos – sussurrou. – Ouça o que eu digo, não pare de dormir.

Dessa vez, fui eu quem o abraçou. Ele aceitou o meu abraço agradecido, e fui embora.

Quando cheguei no carro, me senti mais completo. Sabia que precisava ter aquelas telas comigo, mesmo sem ter certeza de que pintaria ou não o último quadro, mas, como dizia o velho canadense, as ideias precisam de material.

Seguimos rumo à Santa Ana. Em três minutos, o público voltaria à realidade. O peruano acelerou.

14
A VIDA É UM IR E VIR DE GIRAR MAÇANETAS

CHEGAMOS AO TEATRO ESPANHOL DOIS MINUTOS ANTES DO HORÁRIO.
Todas as portas do teatro estavam totalmente abertas, desejosas de acolher o público. Pensei que, se tocasse a madeira, eu a sentiria pulsar.

Desci do carro, e o peruano estacionou em uma esquina, perto de um bar. Coloquei-me ao lado da porta central.

Um pouco mais afastado de mim, havia um rapaz com óculos de sol que devia beirar os trinta anos. Não sei por quê, tive a sensação de que me espiava. Suponho que tenha sido o efeito de conhecer no mesmo dia um estranho e um chefe de segurança pedófilo.

O rapaz de óculos de sol também observava a porta. Diria que ele estava ainda mais impaciente do que eu.

Ouvia-se o leve sussurro das palavras depositadas pelos atores sobre a plateia. Minha mãe sempre me contava que o som final de um espetáculo teatral é construído desde o primeiro segundo.

É como a construção de uma pirâmide. Nunca chegaremos a colocar a última pedra de maneira magistral se a base não for estável.

Ela sempre me falava das espessuras do silêncio, que eram evidentes nos teatros.

Mostrou-as a mim muitas vezes ao vivo, na última poltrona de muitos teatros.

Havia silêncios de dois centímetros que equivaliam à atenção sem paixão.

Outros mais espessos; silêncios que beiravam os quarenta centímetros, que são os que perfuram o intérprete e fazem com que ele sinta a magia do teatro em toda sua plenitude.

E, finalmente, os de 99 centímetros. Esses são tão esplendorosos quanto um triplo riso em uníssono de todos os espectadores. Ecoa, ouve-se, vive-se e sente-se. É a perda de consciência total do espectador, exatamente quando ele esquece qualquer problema pessoal e seu cérebro para de emitir o som da preocupação. É isso o que faz com que o silêncio seja supremo. Parar de pensar silencia tudo.

Naquela noite, senti um silêncio de trinta e quatro centímetros. Costumes da minha mãe que eu ainda praticava.

A espera estava se fazendo longa, então decidi entrar no teatro para saber se lá dentro a espessura do silêncio era maior. E também para vê-la.

Não havia ninguém vigiando. Certos lugares estão preparados para nos impedir que entremos no início, até exatamente quinze minutos antes de tudo se acabar. É um desejo contrário, e o esmero está em nos proporcionar todas as facilidades para que saiamos rapidamente, mas nenhuma para evitar que entremos.

Atravessei a porta central e entrei no vestíbulo do teatro. Não havia uma alma. Fui até a porta que comunicava o vestíbulo com a plateia.

Curiosamente, a maçaneta dessa porta era idêntica à da sala onde estava detido o estranho. Embora eu soubesse que, ao girá-la, encontraria algo radicalmente diferente, o nervosismo que sentia era o mesmo.

Nunca se sabe o que se vai encontrar por trás de uma porta. Talvez nisso consista a vida: em girar maçanetas.

Girei-a. O silêncio, que ali tinha uma espessura de quarenta e dois centímetros, penetrou-me imediatamente.

O melhor amigo do caixeiro-viajante estava recitando seu monólogo final no enterro.

Ninguém pode culpá-lo. Vocês não entendem. Willy era um caixeiro-
-viajante, e, para um caixeiro-viajante, a vida não tem um final como
todos os demais. É um homem que não põe porcas nos parafusos, que
não informa sobre as leis nem receita remédios. É um homem que vai
sozinho pela vida, sem dispor mais que de um sorriso e de uns sapatos
bem engraxados.

Continuava sendo tão boa como eu recordava. Eu conhecia bem
aquela peça, minha mãe fizera uma versão em forma de dança. Na
criação visual da minha mãe, Charley recitava o monólogo enquanto fazia uns pequenos passos em cima do ataúde. Leves movimentos
ao ritmo de raiva contida.

A peça continuava desfiando monólogos, e procurei a garota com
o olhar.

Percorri todas as nucas do teatro criteriosamente. Não sei por quê,
mas imaginava que reconheceria a dela; era apenas uma sensação.

Não a encontrei; pensei que talvez tivesse ido embora chateada
porque seu acompanhante havia lhe dado um bolo.

Uma coisa é o impulso de entrar no teatro e outra muito diferente
é decidir ficar. Ou talvez a peça não a houvesse preenchido. Algumas
pessoas não se conectam com *A morte do caixeiro-viajante*, consideram-na antiga. Não compreendo; fala do grande tema: pais e filhos.

Mas logo minhas dúvidas se dissiparam. Tinha certeza de que ela
não era uma dessas garotas que abandonam um teatro.

Minha mãe dizia que abandonar um teatro é um dos pecados capitais que não deveria ter perdão. A tristeza que causa no ator ou no
bailarino é dramática. Eles costumam levar cinco minutos para recuperar a concentração. E o público precisa do dobro do tempo.

De repente, o som do meu celular, que era o de uns suaves latidos (não tenho cachorro, mas sempre quis ter um, daí meu telefone
latir com carinho as chamadas que entram como um agradável cãozinho), misturou-se ao monólogo da mulher do caixeiro-viajante.

Todo o público se voltou simultaneamente. Eu havia cometido o
segundo pecado capital que minha mãe odiava, só perdoável em caso

de doença na família ou do nascimento do primeiro filho. O segundo já não conta como atenuante.

O público se deixou entrever como rostos na penumbra. Quase não se viam os olhos.

Foi quando a vi, na sexta fila, na ponta esquerda. Ela não me reconheceu. Eu sei, não me conhecia. Mas eu queria que houvesse me reconhecido.

Quando consegui desligar a ligação do chefe, todos os olhos sem brilho haviam tornado a se concentrar no palco. Exceto os dela, que tardaram dois segundos a mais para voltar ao monólogo da viúva.

Quando me olhou, notei que eu ainda estava com o dom ligado. Desliguei-o, mas uma imagem escapou.

Ela e um cachorro. Ela e muitos cães. Sentia amor por eles; eram seus animais prediletos. Confiava mais neles que em qualquer pessoa. Eu a vi com seis anos, acariciando seu cachorro, acho que se chamava Walter. Ela era feliz, plenamente feliz naquela lembrança. Não sei qual o lugar daquela emoção na escala, mas adorei.

Contudo, não gostei de lhe roubar aquele sentimento.

Fui lentamente até a sua fila e vi que a poltrona contígua à dela estava vazia. A ideia do bolo que ela levara ganhava força.

Sentei-me ao seu lado; ela estava tão concentrada na peça que acho que não notou minha presença.

Eu a observava de rabo de olho. Percebi que não me entusiasmava apenas a cara que fazia enquanto esperava na praça, mas também a que fazia quando escutava com atenção.

Eu estava me apaixonando por cada uma de suas feições, cada um dos seus olhares em pausa.

Concentrei-me na peça; eu me lembrava daqueles últimos três minutos com perfeição. Havia visto mais de cinquenta vezes a versão que minha mãe fizera de *A morte do caixeiro-viajante*, mas quase sempre o final me deleitava. Sempre entrava no teatro bem quando estava prestes a acabar. É genial essa concludente frase final: "Somos livres... somos livres..."

Notei que conforme chegávamos ao final, a respiração da garota ia se compassando com a minha.

A emoção ao respirar, o som de suas inspirações e expirações, até o ar que ela decidia pegar e soltar era idêntico ao meu.

Éramos duas pessoas que vibrávamos de tal maneira com a peça que até respirávamos juntos. Fazíamos tudo ao mesmo tempo sem nos olharmos, apenas com as palavras de um final épico.

Senti que ali começava uma relação. Parecia que éramos as duas únicas pessoas do teatro que respiravam ao mesmo tempo, trocando o primeiro beijo, a primeira carícia, o primeiro momento sensual, como se chegássemos mesmo a fazer sexo. É verdade, pois conforme eu ia sentindo, minha respiração aumentava e a dela se sobrepunha à minha.

Antes de poder consumar qualquer coisa, a peça acabou e os aplausos inundaram tudo.

Houve cinco minutos de aplausos ininterruptos. Novamente nossas palmas soavam em uníssono. Meu coração e meu esôfago também iam compassados com os dela. Mas talvez fosse tudo coisa da minha imaginação.

O último aplauso acabou subitamente. O público se levantou, e ela permaneceu sentada e eu também.

Todos que ocupavam nossa fila foram saindo pelo lado mais afastado ao que lhes cabia, uma vez que viam nossa pouca predisposição para nos mover.

Cada vez restava menos gente na sala; ela continuava extasiada com o que havia visto no palco, e eu fingia sentir o mesmo.

Eu sabia que em poucos segundos ela se levantaria ou o lanterninha nos expulsaria. Queria encontrar a frase ideal para iniciar a conversa, mas não me ocorria nada.

Não queria recorrer a nada relacionado com cães; não me parecia ético.

De repente, descobri que seu olhar cabisbaixo se devia à mensagem de texto que estava olhando, e não à peça que havia vivido. Aquela mensagem a mantinha paralisada. Ela a lia repetidas vezes.

Minha mãe achava que as mensagens de texto de celular continham muita verdade em poucos caracteres. As pessoas se esmeravam em contar seus sentimentos sem que o custo fosse excessivo. A concisão dos sentimentos.

Ela guardava muitas das que recebia. Jamais as transcrevia, jamais as passava para outros formatos. Acreditava que perderiam sua magia.

Guardava mensagens de mais de dez anos. Dizia-me que havia nelas dor extrema, paixão sincera e puro sexo.

Sms, segundo ela, eram um acrônimo para "sexo mais sexo". Contava-me que todo o mundo tinha guardada no celular alguma mensagem sexual.

E que, às vezes, só a pessoa que a havia recebido sabia o que era; qualquer outro que a lesse não a descobriria. Pois, para isso, era preciso conhecer a hora em que a havia recebido, o fato que se havia produzido anteriormente e sua intensidade.

Ela dizia que as mensagens fantásticas eram o epílogo perfeito de uma grande ficada. Quantas vezes sabemos que, após um bom encontro ou uma boa ficada, ao irmos embora, poucos minutos depois de nos afastarmos da outra pessoa, vamos receber um sms confirmando a percepção daqueles momentos compartilhados?

Às vezes, a mensagem é mais importante que o próprio encontro.

Eu também guardava uma mensagem no celular fazia tempo, uma muito sexual, dessas que, como dizia minha mãe, ninguém imaginaria. Dizia apenas: "Você vem?"

Foi enviada por uma garota quando eu estava envolvido em um relacionamento. Quando a recebi, eu a li e me excitei. Durante semanas a reli e continuava me excitando.

Jamais fui aonde ela queria, por isso talvez ainda guardasse aquele sms e ainda me excitasse com ele.

Também guardava um da minha mãe. Ela o enviou da primeira vez em que viajei sozinho pelo mundo sem ela. Dizia: "Não se perca, Marcos, o mundo tem seus limites, e cabe a você decidi-los".

Mas a verdade é que os meus limites eram cada vez menores: o Teatro Espanhol, a Praça Santa Ana e suas poucas ruas fronteiriças.

De repente, a garota do Espanhol me olhou e falou:
– Você pode me fazer um favor?
Aquilo era incrível. Às vezes, a vida resolve nossos problemas sem nos pedir nada em troca.
– Sim, sim – respondi, com dois "sim", de um nervosismo extremo.
– Meu namorado, com quem eu tinha marcado de vir ao teatro, mas que não apareceu, está me esperando lá fora, e não quero que ele pense que entrei sozinha. Então, eu gostaria de saber se você poderia fingir que... – pediu, envergonhada e sem acabar a pergunta.
– Foi um prazer vir com você ao teatro – completei.
Fiquei de pé, e saímos juntos dali. Sei que nossa relação não era real, apenas uma ficção para um desconhecido, mas vivi cada segundo que levamos para sair da sala como se fosse de verdade.

15
TRÊS GOLES DE CAFÉ E UMA MALA CHEIA DE LEMBRANÇAS

FOMOS PARA A RUA. NO FIM, O SUJEITO QUE ACHEI QUE ME VIGIAVA, o dos óculos escuros, era o namorado dela. Imaginação ao poder. Ela estava muito perto de mim, quase não havia distância suficiente para transpirar entre um corpo e outro. Não segurava minha mão nem nada parecido; eu apenas a sentia muito perto. Sentia sua presença e seu cheiro.

O rapaz dos óculos escuros não se aproximou, foi embora irritado, quase ofendido. Ela fingia que não o olhava, mas acho que não tirava os olhos dele.

Notei que ele já não estava nos observando e que havia desaparecido da praça porque ela decidiu se afastar um pouco de mim. Muito pouco, quase nada.

Em seguida, parou; eu diria que estávamos novamente no meio da praça, bem onde eu a vira pela primeira vez. Também parei.

– Obrigada – disse ela.

– De nada – respondi.

Não sabia o que mais acrescentar; sabia que ela iria embora se não me ocorresse alguma coisa rapidamente. Ela se voltou para ir.

– Posso convidá-la para tomar alguma coisa? Um drinque?

Ela me olhou com estranheza.

– Quero dizer, para o caso de ele voltar. Eu não me afastaria muito se minha namorada saísse com alguém. Voltaria para verificar se era alguém que havia encontrado no teatro ou alguém mais especial – acrescentei.

Ela hesitou.

– Está bem – disse.

Dirigi-me ao bar a que ia normalmente. Não sei por que me parecia o menos turístico. O garçom que atendia as mesas me conhecia fazia dez anos, embora eu não soubesse o nome dele, nem ele o meu. Gostava dele porque se lembrava do que eu costumava beber. Até adivinhava o dia em que eu não estava a fim do de sempre e queria mudar.

Esse garçom, num dia de confidências, contou-me que havia nascido, vivido e se apaixonado em Santa Ana. Tudo de importante tinha lhe acontecido ali. Aquela praça era sua vida, e ele não a trocaria por nada no mundo. Era curioso; eu tinha me criado em mil lugares diferentes e sentia a mesma coisa que ele.

Sentamos. O garçom veio rapidamente.

– Finalmente clientela! Hoje, com essa história do ET, não vem ninguém – e olhou para mim. – O que vai ser?

Ele sabia que aquele dia era especial e que eu não ia querer o de sempre. Gostei.

– ET? – ela perguntou.

O garçom riu e continuou:

– Não sabe do extraterrestre?

– Estávamos no teatro – ela respondeu.

O garçom estranhou. Acho que devia ter me visto entrar no fim da peça, mas não comentou nada.

– Dizem que pegaram um extraterrestre. Mas há pouco desmentiram. Seja o que for, as pessoas não vêm aos bares. O que vão beber?

Ela não pareceu dar muito crédito à notícia. Eu fingi interesse. Pedimos o mesmo: dois cafés com leite. Acho engraçado quando alguém convida outra pessoa para um drinque e acabam tomando um café, ou vice-versa.

O garçom se afastou.

– Acha que é verdade? – perguntou ela.

Achei a pergunta engraçada. Se ela soubesse... De repente, passou uma mulher com um pastor alemão e ela se afastou um pouco. Pareceu que tinha medo do cachorro.

Mas aquilo não fazia sentido. Segundo o dom, ela adorava cães. O cachorro a farejou e em seguida latiu. Ela ficou muito pálida. Logo o cachorro saiu correndo, e ela recuperou a cor natural.

– Você tem medo de cachorro? – perguntei.

– Desde sempre.

Não podia ser. O dom jamais falhara. Não fazia sentido. Talvez houvesse alguma interferência magnética no teatro. Mas, era estranho, porque eu a vira quando pequena, o rosto era o dela, e havia um cachorro em seu colo. Eu senti seu amor por esses animais.

O garçom nos trouxe os cafés, mas não deixou a conta; com os conhecidos, tinha essa delicadeza. Foi embora imediatamente, porque acho que notou que eu precisava de intimidade.

– Nunca teve um cachorro? – insisti.

– Jamais.

Bebeu um gole de café e depois outro. Fiz o mesmo. Percebi que ela era a primeira pessoa com quem eu compartilhava um café desde a morte da minha mãe.

Às vezes, não percebemos esses detalhes, mas, para mim, não importa o que acontecesse, ela seria a primeira garota com quem tomei café às cinco da manhã após a morte da minha mãe.

A noite continuava fechada. Senti cansaço. Havia dormido apenas quatro horas, e era insuficiente. Bocejei.

– Você dorme? – ela me perguntou.

– Sim.

Não acrescentei a palavra "ainda".

– E você?

– Eu também.

Bebemos mais dois goles de café.

Mais um gole, e ela iria embora. Ela bebeu, e eu fiquei em silêncio. Ela também não disse nada. Eu sabia que se levantaria. Então limpou a garganta; estava prestes a se levantar.

Justo nesse instante, meu nome ecoou pela praça. A porteira do meu prédio pronunciava meu nome enquanto arrastava uma mala.

O som das rodas daquela mala me devolveu aos aeroportos, às estações de trens e aos milhares de corredores de andares de hotéis.

Eu conhecia o som daquela mala; havia passado centenas de horas perto dela, ao lado dela, e a havia colocado em centenas de lugares altos e inacessíveis para que descansasse entre uma viagem e outra.

– Trouxeram esta mala do aeroporto – disse, sem parar de olhar para a garota que me acompanhava.

Ela deixou a mala ao meu lado, e senti como se exalasse frio. Aquela era a mala da minha mãe, e, embora as autoridades de Boston tivessem me informado que repatriariam seu corpo e seus pertences, nunca pensei que a bagagem fosse chegar antes dela.

Não me atrevia nem a olhar aquela mala marrom de três rodas. Minha mãe, com os anos, havia mandado colocar uma roda a mais, porque achava que era mais fácil transportá-la. Não toquei nem a alça porque tinha a sensação de que, de alguma maneira, estaria ali sua essência, seu perfume, parte de seus últimos momentos.

– É sua, não é, Marcos? – perguntou a porteira diante do pouco interesse que eu demonstrava.

– Sim, é – respondi. Não queria dar mais detalhes.

Em seguida sorri e lhe agradeci. Ela foi embora desolada, porque acho que esperava que eu lhe apresentasse minha companheira de café.

– Você perdeu a mala no aeroporto? – perguntou a garota do Espanhol.

Talvez fosse a conversa de que eu precisava. Falar do que significava aquela mala em minha vida. O que significaria abri-la, encontrar parte do mundo da minha mãe e poder dividi-lo com alguém, agora que ela havia partido. Mas também não queria que ela sentisse pena de mim, que descobrisse que aquele era um dia trágico em minha vida, e que ela havia me conhecido em um momento no qual eu já não era eu mesmo.

– Não exatamente – disse. – Era da minha mãe.

Ela não se levantou.

– Sua mãe mora com você?

Não queria mentir para ela, mas também não queria lhe dizer a verdade. Quantas vezes me encontrei nesse dilema... Talvez devesse existir um conceito equidistante entre esses dois.

Antes que pudesse responder, o telefone voltou a latir. Percebi medo no rosto dela, mesmo que o latido não fosse real. Era o chefe. Já não me lembrava de que ele havia me ligado quando estava no Espanhol. Atendi.

Notei que ela pretendia ir embora. A chamada era um final perfeito. Mas esperou que eu acabasse para não se despedir com gestos.

Decidi que aproveitaria ao máximo a chamada, que a estenderia tanto quanto fosse necessário.

– Conseguimos deixá-lo fugir sem nos comprometermos – disse o chefe, seco.

– Sério? – perguntei.

– Sim. Ele disse que iria à Praça Mayor, em Salamanca, que tinha algo para fazer ali – acrescentou. – Ele quer encontrá-lo lá. O estranho quer vê-lo. Depois eu ligo, e você me conta, agora não podemos sair daqui. Isso aqui está pegando fogo.

Eu não sabia o que dizer. O estranho estava livre e queria me ver. Sei que devia fazer a meu chefe muitas perguntas sobre a fuga, sobre o motivo pelo qual o estranho precisava ir a essa cidade castelhana ou por que queria falar comigo. Mas não pude perguntar-lhe nada, porque o chefe desligou sem me dar tempo algum.

Fingi que a chamada não havia terminado. Não queria que ela fosse embora. Fui dizendo "sim" e "não" sem sentido. Algum "ahã", e, finalmente, quando vi que ela ia levantar de qualquer jeito, mesmo se eu prosseguisse com a ligação, soltei um "perfeito, estarei lá".

Desliguei. Ela estava se levantando. De repente, senti que a perdia e me arrisquei.

– Quer vir comigo a um lugar? – perguntei.

Ela não respondeu. Apenas esperou para ver o que mais eu dizia.

– Quando você me disse que não queria sair sozinha do teatro porque havia alguém que não queria ver, eu acreditei. Agora, sou eu que vou lhe pedir algo mais estranho: que me acompanhe a Salamanca para ver uma pessoa a quem também não quero encontrar sozinho.

Ela continuou em silêncio. Eu não sabia o que mais dizer para convencê-la.

– Prometo que não é nenhuma armadilha ou encrenca. Confie em mim.

Ela sorriu.

– Nós nos conhecemos? – perguntou, em um tom tão baixo que foi quase imperceptível.

Estranhei muito sua pergunta.

– Não. Acho que não.

– Tenho a sensação de que já o vi antes. Você parece... – e levou alguns segundos para encontrar a palavra. Não tentei ajudá-la.

– ... de confiança. Confio em você.

Dessa vez fui eu que sorri. Levantei-me, e ela também. Fiz um gesto de "anote aí" para o garçom, que não parava de observar nossa conversa a distância.

Dirigimo-nos ao local onde o peruano estava estacionado. Seus dentes dourados eram meu norte.

Peguei a mala e senti algo estranho quando meus dedos sentiram a alça.

Minha mãe nunca deixava que eu a carregasse; dizia que o dia que ela não fosse capaz de transportar a própria mala seria o dia em que deixaria de viajar.

Agora sua mala era minha. Era injusto que o destino permitisse que eu a levasse. Senti uma dor terrível, inimaginável, mas não comentei nada com a garota do Espanhol.

A caminho do carro, vi que os televisores mostravam a foto do estranho, mas como se não estivesse relacionada com o extraterrestre. Embaixo da foto havia um cartaz: "Procura-se pedófilo". Depois, vi as fotos que havia visualizado na pasta "anexos" do chefe de segurança, mas com seu rosto apagado e o rosto do estranho sobreposto.

Senti nojo diante da montagem. Tinham que encontrá-lo e pretendiam que as pessoas sentissem repulsa por alguém que não havia praticado aquelas monstruosidades, visto que eram obra de seu possível captor.

Pobre estranho, seus primeiros momentos na Terra e já o culpavam de algo que não havia feito.

De novo, não disse nada. Entramos no carro; o peruano tratou a garota como se a conhecesse da vida toda.

– Vamos para Salamanca – pedi ao peruano.

– Eu sei – ele respondeu, enquanto punha a minha música.

O carro arrancou, e a mala ficou no meio, entre ela e mim.

A presença da minha mãe se fez evidente.

16
A ARTE DE PREPARAR UM BOM BANHO E A VALENTIA DE APROVEITÁ-LO

FAZIA ANOS QUE EU NÃO VISITAVA SALAMANCA. A ÚLTIMA VEZ FOI quando tinha doze anos. Minha mãe havia sido contratada para uma apresentação de verão ao ar livre.

Ela gostava muito desse tipo de evento. Costumava dizer que o público relaxava, os bailarinos se sentiam à vontade e que a influência das estrelas, da Lua e do ar fresco revitalizava essas apresentações medíocres.

Às vezes, ela me contava que o espetáculo era esse todo e que ela adorava se misturar com o público e ver como a pessoa que estava à sua esquerda escutava a música do espetáculo enquanto olhava o céu estrelado, e como a da direita acompanhava com atenção os movimentos dos dançarinos, mas seu olfato estava totalmente ocupado deleitando-se com os odores da noite de verão misturados com centenas de aromas de bronzeadores.

Ela atuou na Praça Mayor de Salamanca com sua companhia, num verão muito quente. O lugar, o público e o clima eram tão maravilhosos que lembro que minha mãe disse que lhe faziam uma concorrência que beirava à ilegalidade.

– Conte-me – pediu a garota assim que pegamos a primeira avenida madrilense com mais de quatro pistas.

Eu soube que aquele "conte-me" se referia a tudo. Conte-me tudo, estava me dizendo. O peruano fechou o vidro; um ato que lhe agradeci com o olhar.

Eu também sentia algo estranho em relação a ela. Aquela confiança que não deve surgir entre desconhecidos, mas que às vezes existe e é mais intensa que a que sentimos por alguém que faz parte de nosso convívio há mais de vinte anos.

– Não é que a confiança dê nojo – dizia minha mãe sempre que alguém a decepcionava. – A confiança não deve existir. É o relaxamento que provoca o grande desânimo em qualquer tipo de relação.

Ela acreditava que a cada dia devíamos conquistar a confiança do outro. Exigir do outro ou da outra que nos conquiste, que nos surpreenda, e que fizéssemos o mesmo com eles.

Nunca a vi vivendo uma relação rotineira com ninguém. Ela nunca viveu com homem nenhum da maneira tradicional. Acho que isso tinha a ver com a confiança.

Sempre acreditei que a pessoa com quem esteve mais tempo, com quem mais quartos compartilhou e com quem mais conversas manteve... fui eu. E posso lhes garantir que sempre senti que ela me exigia e que me ensinava a exigi-la.

O momento básico de nossa vida foi em Boston, justo onde ela faleceu. É uma cidade com um espírito próprio, indomável, que parece transplantada do continente europeu ao americano.

Com quinze anos, eu adorava me sentar, no verão, em um dos bancos de seus imensos parques cheios de lagos, e me sentir, como Will Hunting, um observador da tranquilidade de uma cidade que não nos exige nada nem espera que aspiremos a nada. Nessa cidade, me senti eu, meu eu mais intenso.

Foi nessa cidade que me senti mais perto da minha mãe.

Ela sempre tomava, como acho que já comentei com vocês, banhos pós-estreia. Ela dizia que era sua maneira de se livrar do cheiro da primeira apresentação, do nervosismo e da paixão acumulada.

Desde os dez anos, eu era o encarregado de lhe preparar o banho.

Ela havia me ensinado que encher uma banheira não é diferente de preparar uma receita na cozinha. É preciso estar atento a ambas as coisas para que deem certo e saiam perfeitas.

Dizia que havia gente que começava a cozinhar e depois ia para outros lugares acabar outras coisas. E que essa mistura de atividades fazia com que os pratos se ressentissem.

Contava que as cozinhas e os banhos precisam do nosso carinho, da nossa plena atenção. Como se esses 36,5 graus da água com que se enche uma banheira ou com que se cozinha o macarrão fossem a chave do seu gosto bom ou do grande prazer que vamos sentir quando entrarmos nela.

De modo que eu, desde os dez anos, ficava sentado, em silêncio, observando a banheira se encher.

Primeiro, sempre seis minutos de água muito fria; em seguida, três minutos de água muito quente. O sabonete, sempre por último, e era o momento mais agradável, porque, se fizesse direito, via a espuma ganhar sua textura própria. Não diferia da arte da pintura.

Eu gostava de ser o responsável pelos seus banhos. Depois, ela passava exatamente sessenta minutos os desfrutando. Sempre sozinha. E depois, saía renovada.

Em Boston, eu a havia ajudado na direção da obra que estreara. Fora minha primeira vez. Então, quando o banhou ficou pronto, ela me ofereceu entrar com ela. Um de cada lado, olhando-nos cara a cara.

Hesitei. Senti o mesmo que anos atrás, naquele hotel arranha-céu, quando ela queria que dividíssemos a cama. Sei que, para ela, aquilo era sua forma de me agradecer pelo bom trabalho que imagino que ela achava que eu havia realizado.

Para mim, significava dividir o banho com minha mãe, e achava que nenhum adolescente devia ter que encarar aquele oferecimento materno.

Como sempre fazia, ela não insistiu. Entrou na banheira.

Eu hesitei, mas como acho que realmente havia algo no ar de Boston que nos fazia esquecer os preconceitos e preocupações, tirei a roupa e entrei na banheira. Coloquei-me no lado contrário ao dela.

No início, estava muito tenso, mas pouco a pouco relaxei e aproveitei a experiência.

Senti o nervosismo do espetáculo e o estresse dos últimos ensaios irem se diluindo e se misturando com aquela água cozida com carinho.

Pouco a pouco, senti que o corpo da minha mãe, que no início eu não queria nem roçar, involuntariamente tocava o meu.

Foi uma experiência agradável, ou melhor, a mais agradável que já vivi.

Anos depois, decidi que, quando acabasse uma pintura, tomaria um banho pós-acabamento de obra, para tirar as cores residentes em meu corpo. E juro que só de escutar o som da água, meu esôfago já vibrava.

Esse sempre foi e sempre será o som da minha felicidade.

Nunca tornei a dividir uma banheira. Com a garota de Capri, aquela que me abraçou após a morte de minha avó, quase lhe propus que tomássemos um banho juntos, mas, no fim, não me atrevi.

Não sei qual é o lance de dividir a banheira durante sessenta minutos com alguém, mas é como se conhecêssemos mais essa outra pessoa.

Como se a água nos transferisse parte dos segredos dela, dos seus medos, e roçar involuntariamente sua pele nos permitisse entrar em sua essência mais absoluta.

– Conte-me tudo, de verdade. Não tenha medo do que vou pensar – disse pela segunda vez a garota do Espanhol.

Eu sabia que ela realmente acreditaria em mim. A confiança entre nós, desde que havíamos visto o final do caixeiro-viajante, era intensa.

Contei-lhe.

Naquela hora e meia, eu lhe relatei tudo. A velocidade de minhas palavras me recordava o tom que David Bowie utilizava quando cantava "Modern Love".

Eu comia frases, omitia detalhes, mas ia à essência da narração.

No trajeto entre Madri e Ávila lhe contei do estranho, do meu dom, da fuga, da chuva vermelha, do planeta pentagonal e de como a havia descoberto na Praça Santa Ana.

De Ávila a Salamanca, concentrei-me na minha mãe, na sua perda, na decisão de parar de dormir, nos meus medos, na minha solidão, na pintura, no quadro do sexo inacabado e na mala.

Foi um intenso monólogo de noventa minutos sem que ela dissesse nada, absolutamente nada.

Foi um prazer máximo contar-lhe tudo. Bem, minto; talvez não tenha enfatizado a fascinação que sentia por ela. No amor eu era precavido, visto que, como jamais havia tido nada para contar, agora que tinha, não sabia como lidar. Era como manipular um explosivo.

De resto, não omiti nenhum detalhe.

Ela era a sexta pessoa para quem eu falava do meu dom. Antes, falara com a minha mãe, com o Dani, com o chefe, com a garota de Capri e com aquele que eu pensava que era o meu pai. Talvez lhe fale dele.

Ela também não disse nada quando lhe falei do dom. Nem quando mencionei o estranho.

Eu nunca havia me aberto tanto. Tinha medo da sua reação.

O carro entrou numa das ruas que davam para a Praça Mayor de Salamanca, justo quando eu lhe contava tudo referente à fuga.

No meio da praça, vi o estranho. Estava de capuz; suponho que para que ninguém o reconhecesse como o falso pedófilo.

Descemos e nos dirigimos a ele.

– Acredita em mim? – perguntei.

– Sim, acredito – disse ela.

E sei que acreditava. Eu me senti bem.

A sinceridade recompensada é um dos prazeres mais gratificantes que existem na vida.

Fiquei feliz por não dito um "mas". "Acredito, mas", "sinto muito, mas"... Conjunção terrível que acaba desativando os sentimentos anteriores.

Quando faltavam ainda cinquenta passos para chegarmos até o estranho, ele ergueu o olhar e sorriu.

Adorei o fato de ele se antecipar à nossa chegada. Além de tudo, percebi que estava bem no centro da praça, esperando. Outra praça, e outra pessoa fascinante no meio, esperando.

17

SEJA VALENTE. NA VIDA, NO AMOR E NO SEXO

ASSIM QUE ME APROXIMEI, O ESTRANHO ME ABRAÇOU. TINHA CHEIRO DE bebê, uma fragrância tênue. Eu não sabia se era colônia ou o cheiro da sua pele.

Existem tantos corpos que geram perfumes naturais...

A primeira garota com quem estive, uma salva-vidas de uma piscina de Montreal, cheirava sempre a cloro. Conversávamos todas as tardes em que eu passava na piscina do hotel que ela vigiava.

Para mim, aquela piscina era um pequeno Éden afastado do frio na imensa rede de metros que comunicava subterraneamente toda aquela cidade, e que impedia que víssemos e notássemos os vinte e quatro graus negativos.

As poucas vezes em que saí à rua, quando fechava os olhos por mais de dez segundos, o frio colava meus cílios.

Por isso, enquanto a minha mãe criava em um teatro subterrâneo próximo, eu vivia na piscina.

A salva-vidas falava sem parar, e eu a escutava encantado.

No dia em que nos encontramos pela primeira vez fora de seus domínios, ela não tinha cheiro de piscina, mas de uma fragrância entre toranja e açafrão.

Fizemos. Foi minha primeira vez, e esse cheiro me acompanha sempre.

Eu, porém, não cheiro a nada.

Por isso, sempre que acho que alguém que conheço tem uma virtude que eu não possuo, tenho a impressão de que cheira bem. Descubro qual é o seu perfume e o uso durante alguns meses.

Usei muitos. A cada seis meses, mudava de cheiro. Como se minhas carências fossem absorvidas só de usar seu perfume.

Gostaria de ter perguntado ao estranho que cheiro era aquele, para usá-lo um tempo, mas não era o momento nem o lugar.

– Contou a ela? – inquiriu o estranho, enquanto oferecia sua mão à garota do Espanhol.

Afirmei com a cabeça.

– Gostou da peça? – ele perguntou.

Ela sorriu e fez que sim com a cabeça.

Os sinos da Praça Mayor deram as sete da manhã. Ele girou trezentos e sessenta graus, como se procurasse alguém. Parecia que estava ali à espera de alguém.

Foi nesse momento que aproveitei para olhar a Praça Mayor, que fazia anos que não visitava. Era linda. Sem dúvida, acho que é a praça mais bela que existe. Minha mãe a adorava.

– É uma praça valente – disse-me horas depois de estrear um espetáculo e ter um novo sucesso em seu haver.

– Valente? – perguntei-lhe. – Existem praças valentes?

– Existem, e esta é porque nos convida à valentia.

Naquele instante, ela pegou minha mão, colocou-a em seu umbigo e me deu um beijo na nuca. Fiquei surpreso.

– Seja valente – me disse. – Na vida, no amor e no sexo. As pessoas esquecem que devem pedir carícias e beijos. Nunca pense que esse é o limite do seu parceiro do momento. Quem dera você entendesse que é preciso descriminalizar ações que se relacionam com o sexo. Uma carícia, um beijo, solicitar o calor de uma mão no umbigo não devem ser acompanhados do sentimento de que isso vai provocar ou terminar em sexo. Um abraço não deve ser de dez segundos, nem de trinta, pode durar oito minutos, se necessário. Acariciar um corpo não deve supor sempre sexo. Você deve apreciar a carícia como parte da sua vida. Descriminalizá-la em sua vida. Assim como você ri da piada de alguém e aceita que suas palavras geram em você um sentimento de felicidade, também não deve temer dizer a alguém que sua pele, seus olhos, sua boca lhe geram outro sentimento. É preciso descriminalizar ações do sexo, levá-las para a vida real, para o dia a dia, e jamais enlaçá-las com o sexo, e sim com o viver. Entende, Marcos?

Após aquele longo monólogo, continuou com minha mão em seu umbigo por um bom tempo. Senti a valentia da praça em mim e beijei o pescoço dela com meus lábios.

Não senti sexo, senti vida.

A seguir, perguntei-lhe:

– Quem é meu pai?

Ela jamais me falou dele, era seu tendão de Aquiles. Acho que se entristeceu.

O estranho se dirigiu ao banco que havia no centro da praça. O único que havia. Sentou-se e nos convidou a fazer o mesmo.

– Querem saber quem eu sou? – perguntou.

Nós dois assentimos. Ainda faltava um pouco para que amanhecesse. Pouco, muito pouco. A praça estava perdendo as pessoas, visto que àquela hora acontecia outra troca de jornada de trabalho.

Eu me sentia nervoso. Naquela praça minha mãe fez com que eu me sentisse mais uma vez especial, e eu sabia que, após a conversa com o estranho, algo mudaria na minha vida.

Além de tudo, ela, a garota do Espanhol, que conhecia todos os meus segredos, estava ali. Não sei bem o que ela sentia por mim, nem o que eu sentia por ela, mas o fato de ela estar ali fazia com que eu me sentisse um cara de sorte.

Ademais, ao meu lado estavam a mala da minha mãe e a tela em branco, e o sentimento que me invadia era o de que minha vida se completava lentamente, de que pedaços dela se uniam.

O estranho começou a falar. Soube que aquele era o momento aguardado desde que o conhecera.

– Sei que o que vou lhes contar pode parecer estranho e que não vou poder provar que tudo que estou falando é verdade, mas peço que acreditem em mim – começou dizendo. – Sou um estranho, gosto do nome que me deram, mas não serei mais estranho que vocês daqui a um tempo.

Ficou em silêncio e fez uma longa pausa.

– A vida... de onde eu venho, o conceito de tempo, o nosso tempo, a nossa vida, é muito diferente do de vocês. Mas não acho estranha esta vida daqui, porque já a vivi.

Ambos absorvíamos cada frase que ele dizia. A garota do Espanhol, de repente, aproximou sua mão de mim; eu a peguei e instintivamente a levei ao meu umbigo, como anos atrás minha mãe fizera com a minha.

Acho que a garota do Espanhol estava com medo. Eu, na verdade, sentia no sangue a valentia da praça.

– Nasci aqui, em Salamanca, há muitos anos. Percorri esta praça quando pequeno, brincava aqui com meus irmãos. Fui um menino feliz, muito feliz. Eu me lembro disso, embora faça muitos anos. Quando adulto, fui trabalhar em uma cidade próxima, Peñaranda de Bracamonte, e ali me estabeleci. Certo 9 de julho, quando a Guerra Civil Espanhola já havia acabado, um trem entrou na estação carregado de pólvora, e uma roda incandescente explodiu quase a cidade inteira. Essa desgraça recebeu o nome de O Barril de Pólvora, e ali eu perdi uma perna e um braço.

Fez uma pausa. Acho que todos precisávamos dela. Mas alguma coisa estava errada, porque aquele homem não tinha nenhuma perna nem nenhum braço faltando.

De repente, ele enviou uma imagem ao meu dom. Senti-a chegar. Não sabia se ela seria aceita, porque eu não havia ligado o dom; mas ele a introduziu em mim.

Foi como ver em imagens tudo o que ele havia contado. Vi a sequência do Barril de Pólvora que ele comentara. Vi o estranho, naquele domingo quente de julho, indo à missa, o trem chegando à estação e a grande explosão que ceifou tantas vidas. Apertei a mão da garota do Espanhol contra meu peito. As imagens que estava vendo eram dolorosas: milhares de pernas pendiam das árvores, braços espalhados a quilômetros de distância, muita dor... E vi o estranho, sem a perna nem o braço, tal como ele havia dito.

Mas a pessoa que falava conosco naquela praça tinha braços e pernas. Eu não compreendia nada. Estava manipulando minhas imagens?

– Você viu, não foi? – perguntou. – Mas viver é mais horrível que recordar. Minha vida mudou. Pensei que havia acabado, tal como imaginara, até que o exército enviou prisioneiros de guerra para reconstruir a cidade. Então a conheci. Veja, observe-a – disse.

Vi seu primeiro encontro com uma linda garota de cabelo castanho. Era muito mais nova que ele. Acho que tinham uns dez ou quinze anos de diferença. Era incrível como ela o observava, como olhava seus membros amputados sem sentir pena, como era intenso o que havia entre eles. Era uma lembrança tão forte, tão preciosa, que não tive dúvida de que aquele era o momento mais emocionante da vida do estranho.

– Fomos casados durante cinquenta anos. Minha morte – fez uma pausa –, minha morte foi muito tranquila, quase nem me lembro dela. Não posso enviá-la para você – disse.

Sua morte. Falava da sua morte como se fosse real. Mas ele não estava morto. Acho que a garota do Espanhol estava tão curiosa quanto eu. Mas não nos atrevíamos a perguntar, sabíamos que aquilo estava além da nossa inteligência e que nossas dúvidas só refletiriam a nossa ignorância.

– Imagino que já se perguntaram o que existe depois da morte, não é? – disse, sem mudar nem de leve o tom da narração anterior.

Afirmamos com a cabeça, mesmo sabendo que era uma pergunta retórica.

– Existe... mais vida.

Meu coração, minha respiração e meu esôfago palpitaram. Aquele estranho estava nos contando o segredo que toda pessoa deseja conhecer. Saber o que existe depois da vida, saber o que a morte nos reserva.

– Quando você morre neste planeta, vai para outro. A Terra é conhecida, lá de onde eu venho, como planeta 2 – e sorriu ao ver nossa expressão de fascinação. – Sim, como estão imaginando, existe um planeta 1, de modo que, para vocês, esta é sua segunda vida.

Respirei fundo, e ela também. Ele não nos deu trégua.

– No planeta 3, a vida é mais gozosa que no 2, e no 2, mais que no 1. Cada morte nos leva a um planeta onde tudo é mais prazeroso. Não importa a vida que você tenha levado aqui, ela não tem nada a ver com sua vida anterior, mas com um ciclo que você precisa completar. Você pode ser um ladrão no planeta 2 e um príncipe no planeta 3. E a vida em cada planeta posterior sempre supera a anterior em felicidade, amor e plenitude.

Nesse momento, achei que ele estava mentindo. Tinha que estar mentindo. Planetas onde vamos parar quando morremos. Aquilo não fazia sentido, era uma loucura.

– Existem seis planetas – acrescentou. – Seis vidas. A partir do quarto planeta, ganhamos dons. No quarto, nos dão um dom estranho com o qual podemos saber como é emocionalmente a outra pessoa só de olhar para ela. É como ver imediatamente sua lembrança mais prazerosa e a mais horrível. Também vemos doze sentimentos intermediários. No quinto planeta, recebemos o dom de saber que vivemos outras quatro vidas e conhecemos como foi a vida em cada um desses planetas. Então já podemos escolher se queremos continuar vivendo no quinto planeta ou se queremos ir direto para o sexto. É importante poder escolher. Algumas pessoas, como sabem que o sexto planeta será melhor, logo cometem suicídio. Outras desejam viver com plenitude sua quinta vida.

E se deteve novamente. Mexeu o pescoço várias vezes. Eu não conseguia nem me mexer. Pelo que entendia, eu tinha o dom que dão às pessoas no quarto planeta, mas, de acordo com o que ele contava, eu vivia no segundo. Eu não estava entendendo nada. Acho que ele soube o que eu estava sentindo e sorriu para mim.

– Às vezes, a natureza falha e alguém do segundo, do primeiro ou do terceiro planeta recebe um dom errado. Alguém da Terra pode receber o dom de conhecer as pessoas. Ou, como aconteceu comigo, que, ao chegar ao terceiro planeta, soube que já havia vivido duas vidas e que ainda me faltavam mais três – inspirou e expirou. – Às vezes, é complicado ter um dom na vida equivocada.

Ele olhou para mim e eu também o observei.

– Sinto saudades daquela que foi minha mulher desde que morri, há muitos anos, pela segunda vez. Quando acordei naquele terceiro planeta estranho, onde havia planetas pentagonais e chuva vermelha, soube que ela existia, porque haviam me dado erroneamente o dom de recordar minhas vidas anteriores. Fui passando vidas rapidamente porque queria voltar para cá. Queria voltar à minha segunda vida; não sei por quê, sabia que existiria essa possibilidade se chegasse ao sexto planeta. E assim foi. No sexto planeta, você pode escolher entre o desconhecido ou voltar ao planeta anterior que desejar. Ninguém jamais volta, todos se lançam ao desconhecido, exceto eu, que sabia que ela vivia aqui, que devia ter quase cento e nove anos e que ainda gostaria de vir diariamente à praça que mais amava nesse mundo.

Percebi que enquanto ele falava, continuava olhando a praça e buscando sua amada. Não havia parado de olhar um só instante. Notei que observava cada pessoa de idade, cada velhinha que se movimentava lentamente, que caminhava com dificuldade. Procurava-a, desejando encontrá-la.

A garota do Espanhol e eu nos olhamos. Não sabíamos o que lhe dizer.

Eu juro que acreditava nele. Ela, não sei o que pensava.

– O que há depois do sexto planeta? – ela perguntou, finalmente.

Ele sorriu.

– Não se sabe, assim como vocês aqui não sabem o que há depois dessa vida – e sorriu. – Passam os planetas e transcorrem as vidas, mas, no final, persiste a mesma incerteza.

Não acreditei nele; foi a única coisa que disse na qual eu não acreditei. Tive a sensação de que estava mentindo e que sabia o que havia após o sexto planeta.

Pensei que se o resto fosse verdade, eu havia obtido um dom equivocado, e ele outro. Aquilo nos unia. Ele estava procurando uma garota, e eu havia acabado de encontrar uma. Aquilo também nos unia. Eu havia perdido minha mãe, e a dor ficava insuportável ao pensar que não a veria nunca mais. Ele perdera alguém especial e passara muitas vidas tentando encontrá-la. De repente, uma dúvida me invadiu.

– Por que não esperou que ela morresse para reencontrá-la? Se ela morresse, iria para sua vida, não é?

Ele nem me olhou.

– Desejar sua morte para tornar a estar com ela em vida? Isso jamais – e olhou para mim. – Você se suicidaria hoje para estar com a sua mãe?

Respirei fundo.

– Sabia que é possível? Além de tudo, em cada planeta temos o mesmo rosto, as mesmas feições, mas passamos duas vidas sem saber que aquela pessoa foi básica em nossa vida anterior.

De repente, ele me ofereceu muitas lembranças ao mesmo tempo. Lembranças de vida dos seis planetas em que estivera. Era incrível; seu rosto, sua imagem, suas feições não mudavam. Estava jovem, eram sempre lembranças até os doze anos, treze, no máximo. Lembranças de felicidade e tristeza em situações incomparáveis. Planetas cheios de beleza. Recebi centenas de imagens, sem ordem, sem nenhum tipo de ordem. Era brutal, não sabia que lembrança pertencia a cada planeta, que emoção superava a outra. Era um êxtase.

– Impressionante, não é? Pois viver isso é melhor.

Subitamente, voltou a mim a imagem que tive da garota do Espanhol, aquela na qual quando criança brincava com um cachorro e que não coincidia com nada de sua vida atual. Era possível que eu houvesse visto a vida dela em outro planeta anterior ao que vivia? Era uma lembrança desse primeiro planeta?

Fiz a pergunta ao estranho sem rodeios. Ele demorou a responder. Foi a primeira ocasião em que não respondeu imediatamente. Isso me fez temer.

– Prefiro não responder – disse. – A não ser que os dois me peçam.

Nesse instante, ele olhou para a garota.

– Mas acho que não deviam saber que relação tiveram na outra vida, no primeiro planeta.

Ficamos sem saber o que dizer. Eu já conhecia a garota do Espanhol? Por isso tive uma lembrança dela de outra vida? Que relação ela tinha comigo? Talvez fosse por isso que eu senti aquilo de forma tão intensa quando a vi. E talvez o estranho também tenha percebido quando me viu.

– Na sala de interrogatórios, você disse que ela era importante na minha vida – eu disse. – Você viu minhas lembranças desta vida e da anterior e soube que ela estava em minhas duas vidas, não é?

Ele assentiu.

– Quem eu sou para ele? – ela perguntou.

O estranho sorriu.

– Nesta vida ou na anterior? Qual vida você está vivendo agora? Por que quer que eu interfira? A vida que você vive é a atual.

Ela não se intimidou.

– Você viveu todas as suas vidas por e para a segunda vida, não foi?

– Porque eu tinha essa informação. Você tem a sorte de não a ter. Aproveite esta vida com ele, não com quem ele foi no primeiro planeta.

Ela não disse mais nada. Nem eu. Ficamos quase vinte minutos em silêncio sem saber o que perguntar nem em que acreditar.

Uma leve chuva começou a cair. Não era vermelha. Eu me debatia entre o medo e a paixão.

Pensar que simplesmente tirando a vida poderia estar de novo com minha mãe... aquilo era muito tentador para uma alma doída. Saber que aquela garota talvez houvesse sido muito próxima a mim em outra vida era algo que me impressionava e me causava uma grande curiosidade.

Mas precisava ser valente, como sempre dizia minha mãe, na vida, no amor e no sexo.

No minuto vinte e um, ambos, a garota do Espanhol e eu, não aguentamos mais.

– Quem somos um para o outro? – perguntamos em uníssono.

O estranho nos olhou como se soubesse que aquela pergunta era um grande erro e que nos arrependeríamos para sempre.

18
DESEXPIRANDO E DESINSPIRANDO

O ESTRANHO SABIA O QUE SIGNIFICAVA RESPONDER AQUELA PERGUNta. Por isso lhe era difícil.

Quando ia responder, sentiu uma dor no peito, uma pontada terrível. Eu a senti também.

– Ela se foi – disse.

– Quem? – perguntei.

– Ela, minha esposa; acaba de morrer.

Seu rosto era de absoluta tristeza. De desespero. Acho que nunca vi ninguém cujas feições desaparecessem dessa forma. Ele havia perdido seu rumo, sua vida, seu "tudo".

– Tem certeza? – perguntou a garota do Espanhol.

Ele assentiu, paralisado; notei que não tinha energia. Não podia ser diferente, se realmente havia vivido ou se tirado cinco vidas para chegar ate esse momento. Por causa de um cativeiro de três meses, havia perdido a razão de toda sua existência.

– E você não pode ir ao terceiro planeta com ela? – perguntou de novo a garota do Espanhol.

– Sim, mas – tinha dificuldade de falar —, não vou me lembrar de nada, não terei esses dons e não saberei quem ela é. Recomeçarei do zero, recomeçarei o ciclo.

Eu não sabia o que dizer para animá-lo. Ele estava totalmente arrasado. Eu o compreendia; eu me sentia igual em relação à minha mãe.

Pensei que talvez nesse terceiro planeta minha mãe e sua mulher seriam íntimas. Teriam nascido com dois dias de diferença, e, talvez, sem saber, compartilhariam um sentimento por pessoas próximas terem recebido dons equivocados em vidas diferentes.

– Quero vê-la – disse o estranho. – Será enterrada em Peñaranda, tenho certeza.

Levantou-se e foi para uma das saídas da praça. A chuva estava nos molhando, mas o incrível calor que fazia nos secava instantaneamente.

Antecipei-me a ele. Levei-o até o carro. O peruano já nos esperava.

Partimos rumo à Peñaranda. Apenas quarenta quilômetros nos separavam dessa cidade.

Não falamos durante o trajeto. Eu não me atrevia a perguntar sobre minha relação com a garota do Espanhol; não era o momento, e agora parecia que não tinha mais importância.

Pensei na grande pergunta da minha vida. Quem era o meu pai? Minha mãe nunca quis me responder, e eu nunca a coagi para que me dissesse. Mas eu sabia que ela mantinha um diário onde anotava tudo, e tinha certeza de que ele estava na mala. Mas, talvez, eu tivesse duas perguntas: quem foi o meu pai na primeira e na segunda vida.

Também refleti sobre o que aconteceria se toda essa história se tornasse pública. Tinha certeza de que muita gente não acreditaria. No entanto, muitas pessoas acreditariam incondicionalmente na ideia de que esta vida é só uma das vidas que vivemos.

O que aconteceria com as pessoas que não estão bem neste estágio? Gente que se sente infeliz, que não atingiu seus objetivos ou que está vivendo um calvário, triste ou com uma saúde ruim? Cometeriam o suicídio por uma possível vida melhor em um terceiro planeta?

Também não sabia se o ser humano do segundo planeta estava preparado para conhecer toda essa informação. Agradeci que o estranho não houvesse contado nada nos interrogatórios e que aquele dia tenha se transformado em um dia pink.

Não sei o que a garota do Espanhol estava pensando, visto que seus olhos estavam quase fechados. Refletia, não havia dúvida.

Ao chegar à Peñaranda, o estranho foi guiando o peruano pelos becos, como se houvesse vivido ali a vida toda.

Acabamos na Praça Nueva, a terceira praça que visitava. Certamente sua amada tinha que viver ou morrer em uma praça. Nela, havia um enorme letreiro indicando que havia sido reconstruída por prisioneiros da guerra espanhola.

Paramos no número 65 da praça. Havia gente na porta, vizinhos com cara de tristeza. Devia estar doente fazia tempo.

Ele desceu, e descemos atrás dele.

Entrou na casa e se dirigiu para a segunda porta do mezanino, que estava aberta. Dentro havia mais vizinhos. A notícia da morte era recente.

Dirigiu-se ao quarto principal. Havia ali uma mulher muito idosa na cama. Parecia estar dormindo. Ao seu redor, muita gente.

Olharam para nós com estranheza, mas ninguém disse nada. As circunstâncias daquela morte repentina eram tão estranhas que ninguém se atrevia a comentar nada.

O estranho a viu e se comoveu. Pude sentir sua emoção.

– Podem me deixar a sós com ela, por favor? – pediu.

As pessoas da sala não esperavam aquilo. Nunca haviam visto aquele desconhecido nem as duas pessoas que o acompanhavam.

– Por favor... sou um parente direto.

A seguir, apontou para a grande foto que coroava o quarto. Era um homem sem mão que tinha uma grande semelhança com ele. Realmente parecia ele, mas agora se assemelhava à sua versão adolescente. As pessoas notaram a incrível semelhança e devem ter se convencido de que aquele homem que pedia espaço era um parente: um primo, um neto, um filho... Apesar da evidente semelhança, ninguém chegou a pensar que era o homem da fotografia com muito menos idade.

Ficamos sozinhos. Ele se sentou na cama. Olhou o rosto daquela anciã e chorou.

Abriu o berreiro, como dizia minha mãe.

Não fiz nada para consolá-lo, e a garota do Espanhol também não.

Após dez minutos de choro, pouco a pouco foi se acalmando e finalmente depositou suas mãos no rosto da mulher. De repente, apareceu como uma holografia em cima dela. Viam-se claramente umas imagens de planetas. Eram planetas estranhos, como um GPS interplanetário.

Eu só reconhecia o planeta Terra e o planeta de Chuva Vermelha. Os planetas se moviam. Em um deles, na Terra, havia uma luz intermitente... Como uma alma.

Com estupor e emoção, vimos a alma sair do planeta 2 e ir para o planeta 3. Era alucinante. Eu não sabia que pudesse existir o dom de ver o caminho da alma, ou o que quer que fosse aquela luz intermitente.

– Vou com ela – disse o estranho, acariciando o rosto da idosa. – Mesmo que não me reconheça, tenho certeza de que vou acabar a reencontrando. Ou no próximo planeta, ou na próxima vida.

Deu um beijo na mulher, um beijo com tanta paixão que parecia que a mulher reviveria.

– Vão embora, por favor.

Sem dúvida, acho que estava fazendo o certo, embora fosse difícil aceitar.

– Não quer esperar alguns dias? – perguntei.

– Aqui não há nada que me importe – respondeu. – E nascer no mesmo dia que ela talvez seja a chave do nosso encontro.

Em seguida, pegou um papel e um lápis que havia na segunda gaveta da cômoda do lado esquerdo. Era como se soubesse que estariam ali. Escreveu algo e me entregou o papel.

– Aqui está a relação de vocês no primeiro planeta. Decidam se querem ler – disse, dando-me o papel. – Eu lhe entrego isto em troca de que, quando você morrer e me encontrar no terceiro planeta, se ainda tiver o dom e receber alguma lembrança de mim, de quem eu fui e de quem ela é, me diga imediatamente.

Assenti. Faria isso, sem dúvida. Se o encontrasse em outra vida, se tivesse o dom, eu lhe entregaria essa informação sem hesitar.

Abracei-o. Seu cheiro me transpassou novamente. A garota do Espanhol o beijou.

Afastamo-nos daquele quarto. Ele se deitou ao lado da mulher na cama.

Fez-me recordar a imagem da minha mãe e de mim naquele hotel arranha-céu, embora a diferença de idade fosse maior. Talvez minha mãe me houvesse educado durante anos para aceitar aquela imagem.

De repente, notei que o estranho parava de respirar, que o som de sua inspiração-expiração desaparecia. Talvez já houvesse praticado isso em outra vida para poder ir embora rápido daqueles planetas.

A imagem dos dois juntos ainda tinha algo de maravilhoso, de completar um sonho.

19

TUDO QUE VOCÊ E EU PODERÍAMOS TER SIDO SE NÃO FÔSSEMOS VOCÊ E EU

EU ESTAVA ESGOTADO. ELA TAMBÉM PARECIA ESTAR. VIMOS UMA PEN-
são a poucos metros da casa e nos instalamos.

Sabíamos que não devíamos nos afastar muito do estranho. De tudo que foi a vida dele.

O quarto que haviam nos dado era pequeno, com dois quadros antigos que estavam pendurados juntos demais e mostravam paisagens da região.

A cama que presidia a quarto era linda, ou me pareceu ser.

Olhei pela janela; dava para a praça. Gostei. Além do mais, estava amanhecendo. Aquela noite estava sendo realmente especial.

Eu não sabia o que dizer, como começar. Não sabia se desdobrava o papel, se me atirava e lhe dava um beijo apaixonado ou se a pintava.

Decidi por fazer a última coisa.

– Posso pintar você?

Ela assentiu. Peguei as tintas. Comecei o rito tão precioso de misturar cores, do qual por tanto tempo senti falta. Sujar para obter beleza.

Ela se sentou em uma cadeira e me olhou.

– Minha mãe me disse um dia que, para pintar o sexo, eu deveria sentir que nunca o possuiria. Você só pode pintar coisas que não sente – e olhei para ela. – Sinto que nunca vamos fazer sexo, não sei bem por quê, mas percebo isso. Talvez o papel nos conte a razão.

Ela continuou me olhando.

– O que quer que eu lhe conte? – ela me perguntou.

– Sabe dançar? – perguntei.

Ela afirmou.

– Então, dance para mim.

Ela começou a dançar. Enquanto dançava, um calafrio percorreu meu corpo. Ela era de uma beleza incrível, cheia de sensualidade e sexualidade.

Foi dançando em direção à mala, abriu-a com leves movimentos e foi tirando tudo o que havia ali.

Eu não conseguia parar de pintar. Pintava como impelido por uma força incontrolável. Vermelhos, verdes e amarelos, misturados ao preto, resultavam em imagens poderosas que nunca pensei que as obtivesse.

Ela tirou os discos de vinil de jazz que minha mãe sempre carregava, seus livros de fotografias de saltos... Durante anos ela fotografara pessoas saltando. Achava que a dança e o salto tinham o poder de nos mostrar a imagem real das pessoas, livre de máscaras. Nem imagino quantas fotos haveria ali. Eu havia saltado tantas vezes para ela!

Os vestidos. A pequena *nécessaire,* onde guardava parte dos segredos e a fragrância.

Os quadros, meus dois quadros sobre a infância e a morte. Estavam enrolados; ela os levava para todos os hotéis, para todos os lugares onde trabalhava. Aquilo me emocionou especialmente.

E o diário. Eu sabia que estaria ali, e também sabia que ali encontraria o nome do meu pai. Escrito em alguma página.

Dois segredos seriam desvelados aquela noite. Eu possuía um deles no bolso, em um papel amassado saído da segunda gaveta de uma cômoda. E o outro, no diário que uma garota que dançava maravilhosamente para mim segurava.

Continuei pintando. A música da minha mãe inundou tudo. Não havia nenhum disco tocando, mas eu a ouvia.

Foi incrível, a experiência mais extenuante e real que tive na vida.

Terminei o quadro. O quadro do sexo que nunca havia conseguido pintar, mas que desejei tê-lo feito. Minha mãe ainda não havia chegado, ou talvez sim, ao outro mundo, mas não ao meu lado.

Ela parou de dançar e se deitou na cama. Eu me coloquei ao lado dela.

Não dissemos nada. Respirávamos como havíamos feito no teatro. As palavras do final de *A morte do caixeiro-viajante* ecoavam em mim: "somos livres, somos livres". Eu me sentia assim ao lado dela. Era um momento épico.

Lembrei-me das injeções. Senti que aquele era o momento épico que eu desejava para aplicá-las. Tirei as duas do bolso. Mostrei-as a ela.

– Não quero usar. Não quero que essa segunda vida seja diferente do jeito que foi criada. E, principalmente, não quero parar de dormir porque, ao acordar, quero descobri-la ao meu lado durante muito tempo. Não quero perder essa imagem de vê-la voltar à vida a cada dia.

Não podia imaginar não vê-la acordando. Vi minha mãe acordando por tantos anos... Adorava dormir com ela. Depois daquele dia no arranha-céu, criei o hábito. Gostava de como acordava, como voltava à vida. Era muito doce. Ela olhava para mim, sorria e dizia: "Já vou acordar, Marcos". E me beijava no rosto.

Acho que eu estava apaixonado pela minha mãe.

Nunca havia pensado nisso, mas eu a amava. E acho que ela me amava também. Aquele amor que ela sempre declarava e que não tinha nada a ver com sexo.

Ela me educou no sexo, e acabei sentindo amor por ela. Ela acreditava que os filhos deviam ser educados no amor, no sexo e na vida. Nunca vou poder lhe agradecer. Ela foi corajosa. Jamais se importou com o que as pessoas pensavam sobre isso. Apenas o que ela achava justo.

– Acho muito bom – disse a garota do Espanhol. – Eu também não quero parar de dormir. Posso ver o quadro?

Assenti. Ela o pegou, levou-o para a cama e olhou para ele. Acho que havia parte do sexo por minha mãe, do sexo por ela e do sexo por Dani. Os três sexos mais importantes da minha vida.

Percebi que daria as injeções ao Dani. Um dia, utilizei o dom com ele e vi sua lembrança mais aterradora. Seu pai lhe batia, embora isso não fosse o horrível. Toda noite, Dani tinha pesadelos com seu pai, com as surras. Seu pai havia morrido, mas vivia em seus sonhos, e ali ele ainda podia lhe bater.

Por isso queria o remédio, para matá-lo. E eu seria cúmplice daquela morte onírica. Talvez aquilo o ajudasse a encontrar alguém e a me esquecer. Eu o perderia, e, como dizia minha mãe, a dor de perder algo, embora não fosse assim tão necessário, daria lugar a algo terrível.

– É maravilhoso – disse ela, sem parar de olhar para o quadro.

Sorri. Não sei como explicar aquela pintura. Era abstrata, mas, olhando e estando em sintonia, era muito realista. E isso não é o sexo?

Minha mãe dizia que o sexo era "uma charada envolvida em um mistério dentro de um enigma". Achei uma definição maravilhosa. Disse a ela que gostava. Ela riu; não era uma definição do sexo. Já existia. Para Churchill, era a definição da Rússia. Rimos muito aquela noite, não sei bem onde estávamos.

Queimamos o diário. Era insignificante saber quem era meu pai. O fogo, porém, era necessário. Era daquele calor que precisávamos, como se fosse a atmosfera ideal para o que íamos fazer.

Dei-lhe o papel dobrado. Ela ia abri-lo, íamos saber quem havíamos sido em outra vida, naquele primeiro planeta.

Ela o leu e o passou para mim. Eu o li.

Houve um longo silêncio.

Depois, lembro que lhe disse: "Tudo que você e eu poderíamos ter sido se não fôssemos você e eu".

Ela assentiu.

Nós nos abraçamos e lentamente fomos adormecendo. Acho que foi a primeira vez que dormi bem em uma cama que não fosse a minha.

Saber que só vivemos uma parte ínfima de uma de nossas primeiras vidas nos acalma muito e nos dá um grande prazer.

Pensei na minha mãe. Agora estava claro por que me sentia assim. Quem havia ido embora não era a pessoa que eu mais havia amado; era a pessoa que mais havia me amado.

É duro perder a pessoa que mais nos amou.

Abracei fortemente minha filha.

Impresso no Brasil pelo Sistema Cameron da Divisão Gráfica da
DISTRIBUIDORA RECORD DE SERVIÇOS DE IMPRENSA S.A.